最好不過日常

有時台北，有時他方

韓良憶 著

日常的幸福——序

整理書櫃，找到一本荷文的綠色生活指南，過期好幾年了，怎麼先前沒有「資源回收」呢？隨手翻開，看見一小段文字底下被我畫了線——「在最微小的事物中也找得到幸福，幸福始於喜歡自己，並細細體會尋常事物含有的力道。」

想起來了，就是為了這短短的幾句話，我不辭千里地將這本刊物從荷蘭帶回台北。還記得當年讀到這一段時，心裡想著，這不正多少呼應著「小確幸」，亦即村上春樹所說的「小而確實的幸福感」嗎？

近些年來，年紀越長越覺得有許許多多能夠給人幸福感的事物，其實一如陽光和空氣，是無所不在的。它們往往藏在並不引人注目、看似平凡平淡的日常生活中，可惜我們經常因為疲憊、麻木、得過且過，或只是將一切視為理所當然，而未能覺察到它們的存在，往往要等到付出過、努力過甚至失落過後，我們才能有所體會。

關於小確幸，村上自己曾舉過一個實例——「耐著性子激烈運動後，來杯冰涼的啤酒」。冰啤酒並不是稀世珍寶，街頭便利商店的冷藏櫃中不就有各種罐裝和瓶裝啤酒任君挑選，然而倘若不是為鍛鍊身體而賣力運動到熱汗淋漓，哪能感受到滑入喉間的啤酒竟如此清涼，如此沁入心脾？

至於我，這雖然渺小但始終設法踏實行走於人世的我，能夠讓這樣的我感到幸福的日常小事有什麼呢？仔細想想，還真不少。

初春午後向晚，在堤岸邊向農夫阿伯買了一大顆翠綠翡紅的萵苣，捧在手中，有如捧著美麗的春花，慢慢走回溪對岸的家。

夏日驕陽炙人，撐著傘去郵局寄包裹，繞到隔街的小冰店，一進門，刨冰機颯颯有聲地刨出細碎的冰花，冰末入口，燥熱已少了大半，盛夏的冰果店和刨冰真是台灣人的小確幸。

秋天，心情如天色般陰沉，聞到烤栗子的香氣，突然記起關於季節和童年的往事，想起這世上有過兩個人，他們曾賜我骨血，又曾無條件地愛我，頓時感到自己長出新的力量，只因我發覺那樣的愛並未隨死亡而消失，始終是我的幸福。

冬季，颳著風還下著雨的下午，從市區辦完事返家，骨子裡有一股散不去的寒意，於是給自己熱了一碗熱熱的紅豆湯，唏哩呼嚕地下了肚，身子暖了，心也跟著穩妥了。

還有更多看似尋常，卻讓我心頭一暖的幸福小時光。比方說，在外奔波了一整天，終於回家，好好洗個熱水澡；連日陰雨後，一早醒來，看見陽光灑在種在窗前的香草盆栽上；上市場，買好菜，結好帳，轉身正欲離去時，小老闆叫住我，遞來一包九層塔說要送我，他想起我這位老主顧愛吃這一味。

就是像這樣妥妥地藏在尋常事物中、微小而真切的幸福感，讓我在這無常的人生中，得以直面不可逆的時光與無法扭轉的命運，設法過好生命中的每一天。凡此種種，有時在台北，有時在他方，都讓我深深地感覺到，最好不過日常。

於是，有了這本書。

而一本書能印行出來，對著讀者絮絮私語，從來不是寫作者一人的功勞，而是眾人努力的成果。且容我在這裡謝謝皇冠出版社的夥伴，不論您是在編輯、行銷企劃、印務、發行還是行政部門，我都要謝謝您的信任與支持。尤其是怡蓁、婷婷和瑄文，謝謝妳們。

我更要感謝我那有才華的插畫家朋友洪添賢（Croter Illustration & Design Studio），在忙碌的接案人生中硬是擠出空檔，為本書繪製風格低調不張揚卻溫暖的插畫，讓書裡的文字乃至作者本人彷彿也清新脫俗了起來。

——韓良憶寫於二〇一九年夏至過後

目錄

1 雨水

舌尖上的家族記憶

每當春天快要回到人間的時候，「十香菜」的滋味總又漫上心頭，漾及舌尖，教我饞得連忙奔往菜市場，買齊各種材料，動手做起這一道家傳的春之味。

十香菜是父親江蘇老家過農曆年必食的家常蔬食，盛行於江浙一帶，又叫十樣菜或素十錦，上海人也稱之為如意菜。其做法多半是一代傳一代，用的材料算不上名貴，多半是冬末春初不難取得的農產。以我家的十香菜為例，基本材料有黃豆芽、胡蘿蔔、菠菜、木耳、金針、香菇、芹菜、青蒜或薑絲、蓮藕或冬筍、酸菜或榨菜、豆乾或豆皮（腐皮）等，不一而足。總之，一定要五彩繽紛，且必須湊足十樣。

各種材料中，黃豆芽須掐去鬚根，金針泡軟後要打個結，菠菜和芹菜得切成段，其他則一律切成細絲，一樣樣分開，先各自以油、鹽炒至軟中帶脆、熟而不爛，再統統回鍋，拌炒均勻，才算大功告成。烹飪手法雖然不難，卻相當費力又耗時，沒有耐心絕做不成，誠然是緩慢又低碳里程的「慢食」（slow food）。

十香菜冷熱皆宜，我偏好冷食，覺得比熱吃更爽口，臨上桌前最好再拌上兩滴麻油和少許醋，清香又開胃。我的荷蘭夫婿不會說中文，我頭一回做這道五顏六色的冷盤給他吃，一時說不清菜名，隨口稱之為「五彩中式春季沙拉」（The Colorful Chinese Spring Salad）。從此以後，十香菜也成了這位仁兄愛吃的春日佳餚。

自西方營養學的觀點來看，這道中式沙拉也的確適合春季享用。春寒料峭，易傷風感冒，多吃含維他命 C 的蔬菜，有助預防感染呼吸道疾病。而根據傳統中醫學，春季天地間陽氣漸旺，人體需要舒展，可以多吃一點有發散、行氣、行血功能的辛味食物，比方蒜、薑、芹菜等。春日也適合食用各種芽菜，以因應草木紛紛發芽的大地新氣象，促使天地人合一。你瞧，十香菜中不正有黃豆芽和兩三種辛香蔬菜？

父親說，一過立春，十香菜便經常出現在老家的餐桌上，除夕的年夜飯更非得有一大盤不可，因為十香菜有「十全十美」的寓意。過年嘛，討個吉利。父親來台灣後沿襲故鄉的傳統，我家每年圍爐，也必定有十香菜，而在那一桌子山珍海味、大魚大肉中，頭一個見底的，往往是吃來清爽、不沾葷腥的十香菜。

至今仍記得，兒時每到除夕前兩天，父母便會連同在我家幫忙的陶媽媽，在北投舊家寬敞的廚房裡，圍著大圓桌，分工合作，一起切菜。父親的刀法最快，切的絲也最細；任教職的母親做家務比較沒耐心，切一切便嫌累，疼愛妻子的父親就會接下她的差事。我們這些孩子呢，刀子拿得不俐落，就在一旁看著，順便學學，我就這樣一步步地學會烹製父親的家鄉味。

母親走後，父親日漸老邁，換成已步入哀樂中年的女兒，也就是我的大姊良露，領著幫傭擠在台北市區公寓狹小的廚房忙活，炒出一大鍋十香菜。母逝後第十年，還有十天就要過春節時，父親往生。雖說哀傷難免，然而年總是要過，年夜飯還是得吃，而飯桌上怎能少了父親最愛的十香菜？這一道春餚不但是「爸爸的味道」，還蘊藏著家族的歷史與記憶。於是，我和姊姊頭一回聯手做了十香菜，倒也有熟悉的韓家味。

隔了三年，春節又將至，我在榮總的病房中，問當時正飽受病魔摧折的姊姊，過年想不想吃點十香菜，她默默點了點頭。然而，待我獨自一人做好十香菜，送至醫院時，人稱美食家的她，卻連吃上一筷子的胃口都沒有了。

差不多就在那時，我明白，自己即將失去摯愛的親人……

吃得飽的幸福

請朋友一家吃飯，燒了一桌菜，樣數多但分量不太大，如此大夥便可各取所嗜、各食所愛。誰知道這一桌雞鴨魚肉、青菜豆腐，九歲的小客人卻這個不愛吃，那個不敢吃，最後在父母勸說下，勉強吃兩樣了事。

飯後，孩子打電玩，大人移到客廳聊天。我端了小蛋糕給小女生，隨她吃不吃，大人則在沙發上喝咖啡，配夾餡巧克力。

「不好意思，這孩子從小偏食，不惜福。」朋友啜了一口黑咖啡，搖搖頭說：「要知道，這世上還有很多地方，人只要能吃飽就是幸福了。」他這些年投入公益志業，兩度配合國際救援行動，隻身赴海外當義工，前一陣子才回家。

「小孩子嘛，長大了就會明白道理。」我安慰他說。

我呢，就是個先例。我也曾是個偏食又挑嘴的小孩，記得每一回母親勸我多吃兩口飯菜，而我堅決不肯張開嘴巴時，她往往也會感嘆地說我，人在福中不知福。當時我聽不進媽媽的話，覺得挑食是天經地義的事，有些東西實在太「噁心」了，哪能嚥得下去。

及長，我逐漸領悟自己有多麼好運，有福氣能生而為我父母的女兒。他們不但有能力讓孩子吃得好、吃得飽，且是那麼寵愛孩子，在台灣社會整體並不很富裕的時代，只要我想吃什麼，統統都吃得到。兒時的我所擁有的，其實是奢華無比的幸福。

慚愧的是，我卻未能將同等的幸福，回報於我的父母，特別是我的母親。SARS風暴來襲那一年，母親從年初起常有莫名的疼痛，可是因為害怕住院會感染病毒，拖到春末才住進醫院徹底檢查，這才發現她已重病，罹患兩種癌症，且都是末期。當時我還住在荷蘭，一聽聞這令人傷感的消息，即刻飛奔回台北。艱難時刻，怎可不與親人共度？

住院那段期間，由於化療的副作用，媽媽經常埋怨明明肚子餓卻沒有胃口，吃東西也沒有味道。看她逐漸消瘦，身體越來越衰弱，精神也一天差似一天，有一回趁醫師來巡房，我在病房門外請他留步，一口氣請教了好幾個問題：我們該給母親吃什麼，讓她補補身子？有什麼食物是癌症患者須忌口的？還有，無毒、有機的蔬果魚肉是不是對患者比較好？

「唉，都癌末了，是不是無毒或有機都沒有差別，她想吃什麼，還吞得下什麼，就給她吃什麼吧。」醫師說得直白，並沒有惡意，然而我聽完這一番實話，背過身去還是潸然淚下。

十天後，媽媽走了。她臨去之前沒有一頓吃飽過，連最基本的幸福都被剝奪。

義大利麵，台灣製造

出門辦事，錯過午飯時間，夫婦倆飢腸轆轆，想找個地方簡單吃點東西充個飢。滿街五顏六色的店招，連我都看得眼花撩亂，更甭提約柏了。這位荷蘭老兄認識的中文字不知有沒有二十個。

兩人左顧右盼，約柏忽然提高嗓門，「去吃那個！」

我順著他的手勢一瞧，十多公尺外有一面招牌，上書pasta，總算有個他認得的洋文了。走至店前張望，我的腦袋替我的胃口打了一個小小的問號，但是實在懶得再找別的地方，就這裡了。

瀏覽菜單時，那個問號又長大了一點，等我的番茄海鮮麵一上桌，望著簡直快溢出盤沿的紅色醬汁，懷疑得到證實。丈夫看了看他面前同樣也是汁液淋漓的奶油培根麵，抬頭說，「我這是要拿叉子還是湯匙吃？」

「這個呢，叫作義大利肉羹麵，」我半開玩笑答道，「請筷子和湯匙並用。」

我用叉子挑捲起麵條，小心不讓湯汁滴落衣襟，送入口中。味道酸中偏甜，夾著蒜香，味道頗具有「本土味」，這果然又是一家號稱有義大利風味、實則台灣味更濃厚的小館子。說真的，這種台式義麵跟正統的義大利 pasta（義文泛指麵食），並不能算是同一種食物。

說到吃麵這回事，台灣人和義大利人的重點並不相同。義大利人認為，既然說是吃 pasta，要吃的就是「麵」，而不是醬。依照他們的標準，一盤義大利麵的醬汁倘若恰好沾裹住麵體，捲起來不會滴滴答答往下淌，這盤麵算初步及格。然而，這樣一盤及格的義大利麵，如果出現在台灣越來越多的平價義麵館，說不定會被咱鄉親嫌棄到不行。

話說傳統的台菜小吃多半湯湯水水，這樣的特色幾已進入台灣人的「飲食基因」中，是以，除了傻瓜乾拌麵以外，台式麵食都多少帶點湯汁。再者，台式烹飪菜往往講究「澎湃」，用料須豐盛才顯得出「誠意」。道地的義大利麵卻是醬汁少，料也不很多，吃在台灣人嘴裡，第一嫌太乾，第二嫌料太少，總之吃不慣。

義大利的 pasta 到了台灣硬是「在地化」，或也是沒辦法的事。旅居歐洲十餘年期間，我逐漸體會到，越是以本土美食為傲的地方，對原味異國菜的接受程度通常就越低，好比說，英國並不以傳統美食見長，反而養出了倫敦人對各種異國美食的好胃口，就餐飲國籍的多樣性而言，倫敦的食物場景就比以法國美食為傲的巴黎來得更多姿多彩。

台灣呢，面積雖小，傳統美食文化卻算得上實力堅強。台灣的美食——尤其是沿襲閩菜或潮汕風味的眾多台灣小吃——享譽華人世界。台灣人愛吃、能吃也講究吃，對美食多少早有定見，於是原本須切成一口分量大小的日本刺身（生魚片），來到台灣海產店，個頭就變大變澎湃了，一片沙西米一口可吞不下，至少得分成兩口。從日本關東煮衍生而來的「甜不辣」或「黑輪」，也不能像日本人那樣，居然只吃料，不喝湯。那一鍋煮了魚漿、蘿蔔、油豆腐和魚丸等食物的高湯可鮮甜著呢，吃完了料，還得舀上一杓湯，和著碗中殘餘的醬料，熱呼呼喝下肚，這才叫作滿足。

一如台化的日本料理，湯湯水水的台式義大利麵也是經台灣胃口馴化過的異國食物。回顧台灣近一百多年的歷史，日本的殖民統治將「和味」帶進台菜譜系，演變出在日本反而吃不到的「和漢料理」；國共戰爭後來台的中國大陸各省移民，則帶來大江南北的口味，所謂眷村菜這個體系逐漸成形，更創造出純粹「台灣製造」的川味紅燒牛肉麵和「蒼蠅頭」。我不由得浮想聯翩，有朝一日，台式義大利麵會不會也順著同樣的脈絡，成為肉羹麵或傻瓜乾麵的旁支或遠房表親呢？

有道是「食無定味，適口者珍」，說到底，只要分辨得出台式義麵和正宗義大利麵的差異，高興吃什麼，就吃什麼吧。

似遠還近的南洋味

突然想吃加多加多（Gado-gado），檢查冰箱和食物櫃，手邊有的食材勉強做得出，與其空想，不如馬上行動。

立刻動手，將花生醬、椰漿、印尼甜醬油、辣椒醬和薑蒜攪勻加熱，淋在汆燙過的四季豆、高麗菜和豆芽上。水煮蛋一顆和小黃瓜半條，分別切片，也鋪上去。最後，撒一小把去皮油炸花生和超市買來當零嘴的炸蝦片，可惜沒有油煎豆腐，要是能加上幾片，更香。端上桌的這一大盤印尼風味溫沙拉，算不上多麼道地，但色香味皆繽紛，好歹解饞了。

頭一回吃加多加多，是我剛上大二時。姊姊和朋友在商場美食街頂了攤位，賣當時在台灣少見的印尼菜。三位年輕人為此去拜師，學會做巴東牛肉、咖哩雞、沙嗲等等，還有加多加多，我就是在那時吃到這道印尼菜。

小吃攤生意過得去，卻耗時又費勞力，合夥的朋友萌生退意，姊姊索性獨自接管，可是人手不夠怎麼辦？只好拉廚藝好且當時賦閒在家的爸爸當主廚，我與尚未從公職退休的媽媽則是一有空就去幫忙招呼客人。

爸爸都是在我們位於東門町的公寓四樓住家先燉好肉、熬好沙嗲醬，再運去西門町的小店，記得那段時光家中幾乎恆常瀰漫著辛辣濃烈的氣味，初聞頗教我食指大動，久了不但不聞其香，甚至有點膩。

後來姊姊慢慢淡出，爸爸變成老闆，生意依然不錯，甚至更興隆。這會兒想想，會不會是因為做法一傳再傳，傳到從未去過印尼的爸爸，口味變得更本土化，反而更合台北人的胃口？

生意好，收入豐，相對須付出更多心力。隔了一年，爸爸勞累過度，身子吃不消，毅然收掉攤位，家中不再成天飄著南洋香，爸爸的身體則一天天地好起來。我在台灣未再嘗過印尼味，想來是那一年吃怕了。

二十世紀最後一個秋天，我移居荷蘭，又變得較常吃印尼菜，一來是因為另一半愛吃，二來則是由於荷蘭的印尼菜水準高於台灣。雖說台灣離印尼較近，荷蘭與印尼的歷史淵源卻更深，荷蘭曾殖民統治印尼約三百年，透過飲食交流，殖民地的滋味已深入宗主國的飲食基因中，是以，在荷蘭要吃到美味且道地的印尼食物，一點也不難。在荷蘭的十三年間，不但外食會上印尼餐館，自己每隔一段時間也會下廚做幾道簡單的印尼菜。

事隔多年，思及故人與往事，不禁納悶，家裡做過印尼小吃生意這短暫的插曲，是否早已預示出我們一家與印尼有某種緣分？要不然，我弟弟後來怎會在大學認識他的印尼華僑妻子，而我在三十多歲時又怎會移居荷蘭，得以重新認識印尼菜？

人生哪，委實奧妙。

春日的小旅行

春光融融，怎堪辜負，應當出門接受暖陽與和風的洗禮才是，於是夫妻倆坐上捷運，來到台北植物園。

我們從南海路那一側入園，一走上荷花池上的小橋，便瞧見有隻鳥斂翼棲息在緊貼著池水的枝葉間。愛攝影的荷蘭人示意要我噤聲，以免驚動這隻陌生的鳥兒，他想用鏡頭留下牠的身影。

我從小就有一點恐鳥症，不敢太靠近活生生的鳥禽，遂走至橋頭，便於隔著一定距離觀察。這隻鳥兒頭翅藍灰、下軀白，牠僅微微地轉過一次頭，其他時候一動也不動，不知是在睡覺還是等待獵物。其體型大小和常見的黑冠麻鷺差不多，但是連我都看得出，牠並不是又稱大笨鳥的黑冠麻鷺。那麼，是什麼呢？我掏出手機，拍下照片，稍後上網查查吧。

剛放下手機，有位歐吉桑經過我身邊，用福佬話對同伴說：「緊看，那裡有隻暗光鳥。」阿伯聲音真宏亮，聲震四方，池上的鳥卻不為所動。

過了一會兒，三位大姊自橋的另一頭行來，也停下腳步，衝著鳥兒指指點點。她們說的是客家話，偶爾穿插國語詞彙，我好像聽到其中一位提到「夜路」。

丈夫總算拍好照，下橋跟我會合；一對祖孫手牽著手，和我們擦身而過。「阿嬤，妳看，」男孩指著那隻依然不動如泰山的鳥兒，清脆的童音說的是國語，「池塘上面有一隻鳥。」

婦人看了一眼，也操起台灣腔國語對小孫子說：「那是夜鷺，牠會捕魚哦。」

原來是夜鷺，那麼歐吉桑提到的暗光鳥，應該就是夜鷺的別名了。

「我知道了，」我告訴約柏，「那是 night heron。」

「妳用手機上網查了？」

「沒有，是綜合各方人馬的談話所得，」我們併肩而行，踏入林蔭步道，「孔夫子說過，三人行必有我師，剛

才不是有……」

話還沒講完，丈夫便將手輕輕放在我的肩頭，「先別說話，待會兒再告訴我。」

我閉上嘴，這才聽見春風拂過，看到枝葉婆娑。蔥蘢的綠意吸走了嘈雜的人聲，隔絕了市囂，林間一片寧靜。

春遊，何須出遠門？就懷著旅遊的心情，換上遊客般的好奇眼光，口袋裡揣著輕巧的相機或手機，在自己的城市裡閒步遊逛，邊走邊拍下路邊的花草蟲鳥或被斜陽拉長的樹影。當然也可以什麼都不拍，就只是靜靜地東張西望，悠然做一趟家門前的小旅行。

愛上京都的又一個理由

春天，我們在京都，逛完東山的三十三間堂，想往城北的北野天滿宮賞梅去。這一趟路程不過八、九公里，搭公車的話，得轉兩次車，好麻煩，索性叫計程車，省時又省事。

四名乘客中，只有我能講幾句簡單日語，就識相地坐進左前座的助手席，好和司機溝通去向。駕駛座上是位年約六十出頭的歐吉桑，穿著白襯衫和深色西褲，繫著領帶，方向盤上的雙手戴著白手套，外表整潔，彬彬有禮，正是一副典型的日本運將模樣。

為了表示我們是友善的觀光客，我用我那一口破日語加上英語單字，輔以比手畫腳，設法跟歐吉桑聊個幾句。我介紹說，咱們分別來自台灣、荷蘭和德國，目前住台北。

我講得結結巴巴，但運將好像聽懂了，有來有往地嘰哩咕嚕了一大段，意思應該是他到過台灣，去過「鼎泰豐」吃小籠包等等。接著，他騰出一手，似乎想翻找什麼，沒幾秒鐘又縮回手，扶著方向盤，或許是警覺「安全第一」吧。

待車子遇紅燈停下，他再度伸手探進某處，東翻西摸，掏了半天，抽出一張紙鈔，上面印著孫中山肖像，赫然是新台幣一百元。歐吉桑把鈔票遞給我，我猜他想讓我鑑定看看還是怎麼著，結果才不是這麼一回事，他想把鈔票送給我！

哎呀，哪有搭車還拿錢的道理？新台幣一百元換算成日幣雖不算大錢，拿去平價連鎖咖啡店喝一杯拿鐵，還是綽綽有餘。

「歐吉桑，這合三百日圓哩，NO、NO、NO，我不能拿，我們來交換。」我日、英語夾雜著說，拿出三百日圓攤在手心上給他看，希望他能明白我想用這三枚硬幣換那張紙鈔。

運將又說了一串日語，我有聽沒有懂，但從他大搖其頭又連連擺手的樣子，體認到他是真心想把鈔票送給我，我只好收回硬幣，把那張新台幣塞進皮夾中。

到達目的地時，車資兩千四百日圓，我拿出五千日圓鈔票，他找我兩千六百日圓，我又試著塞給他三百日圓。運將這時認真裝出生氣的表情，好似在說「妳怎麼可以辜負我一番好意」，我只能微笑著點頭道謝。

薄薄的一張紙，價值何止一百新台幣或三百日圓，溫暖的人情，從來不能用金錢來估算。愛上京都的理由，從此又多了一個。

靜美，如此難得

陽春三月，暖陽和煦，眼見春光爛漫，想想咱倆悶在水泥叢林好一陣子了，簡直越來越像不見天日的「飼料雞」，決定上山走走。聽說山仔后有老屋改造的餐館，庭園甚美，就將散步的終點定在那裡，或可在園中喝杯冷飲，歇歇腿。

按址尋路而至，一推開門，空調冷氣伴著西洋歌聲迎面撲來。定神一瞧，主屋有一半空間開了天窗，顯得寬敞明亮；探頭看看窗外的庭園，蔭涼處擺放著桌椅，正對著淺淺一泓池水，更是宜人。

非假日的午後，屋裡上了四成座，園中露天桌椅空無一人。此刻山間的氣溫二十三、四度，比冷氣房舒爽多了，換作在歐美北溫帶地區，大夥應該會搶坐在屋外，好呼吸相對新鮮的空氣吧。

一問之下方得知，戶外並非餐飲空間，真想露天就座的話，需先在櫃檯點餐結好帳，再自己將飲料「外帶」去庭園。早知道我們出門前該帶上

「隨行杯」，好歹少用兩只塑膠杯。

我讓丈夫先去園中坐著，獨自留在屋裡等飲料，這才注意到室內流淌的西洋歌曲聲來自黑膠唱片，怪不得店名中有33 1/2這個數字，那原是舊式唱盤的轉速。

「這算是本店特色吧，」我暗自想著，「幸好我們坐外面，不必聽歌。」結果，拿著冷飲走到外頭，發覺室外也架了擴音機，音量之大，坐在哪一角落都避不了，就是要庭園中的人也一起來懷念美國老歌。

「想不到連院子裡都這麼熱鬧。」我用英文對丈夫說，熱鬧一詞講的卻是國語。荷蘭人約柏雖不諳中文，這二字倒是聽得懂。在台灣生活，焉能不識咱鄉親最愛湊的「熱鬧」？

既來之則安之，我們喝著飲料，或昂首望著天光雲彩，或垂目端詳倒映在池水上的樹影，設法不去注意那時而興高采烈、時而哀怨感傷的一首首西洋老歌。好不容易，歌聲停了，大概是唱片一面播放完畢，工作人員暫時沒空去翻面。

就在這安靜下來的時刻，我們聽見鳥囀鶯啼，春風拂過樹梢婆娑作響，這些來自山林的天籟其實一直都在，只是方才被人造的聲音淹沒了。為了遠離市囂而上山的咱倆，這會兒總算感受到春日之靜美。

爲了市集和廚房

每當有人問我，為何偏好租住公寓、民宅為旅宿，這時我往往答稱，選擇「居遊」的理由不算少，其中有項主因是，如此一來，我便得以在異國天空下擁有自己的廚房，能夠上傳統市集，採買最新鮮的食材，為自己和旅伴烹調合胃口的飯菜。

聽到這樣的回答，偶爾有朋友表示不解，「度假不就該輕輕鬆鬆，自由自在嗎？何苦當老媽子燒飯煮菜。」哎呀，朋友有所不知，我就是為了保持「自由自在」，才堅持要有下廚的空間和機會。

話說我是個「市集控」，不論在自家的城市抑或異國的鄉鎮，最愛逛的通常不是精品名牌店，而是傳統菜場和市集。總覺得市集像是窗口，讓我得以窺得市井日常生活面貌的一鱗半爪，加上我這人生來嘴饞又樂意下廚，市場裡五花八門、繽紛多彩的農漁產，總讓我食指大動，恨不得能將之收進菜籃中，烹煮成美味的食物。

至今仍記得多年前頭一回至威尼斯，首度逛里亞托市場的那個早上，當我見到菜攤上紫紅夾著粉青的朝鮮薊、金黃的櫛瓜花、大把大把的迷迭香和魚市中彷彿才剛撈上岸的灰鯛、鱸魚和蝦蛄時，心底有多麼悵然。恨只恨我在水都沒有自己的廚房，到了這美食聖地，卻不得不如入寶山而空回。

我當然知道，並不是每個人都跟我一樣樂於動手燒菜，然而就算對並不特別喜愛烹飪的人而言，在異地居遊擁有廚房，亦有其好處。這表示自己多了一個選項：實在不想外食時，就自炊吧。

餐館的食物通常較油膩，頓頓都在外頭吃，連日下來腸胃難免吃不消，只想吃點清淡又熟悉的口味。這時，何不在附有廚房的住處，簡單下碗麵或煮個青菜蛋花湯，用對味的家常食物來撫慰身心？換句話說，有了廚房，你高興外食就外食，想要做飯就做飯，如此不是更不受限，更自由自在？

因此，我如今即使是只有五、六天的短期度假，也會盡量找短租民宅或公寓式酒店，訂房時必定仔細閱讀有關廚房設備的圖文說明和住客評價。只有微波爐和快煮電壺，跳過；某住客說廚房有爐、有鍋卻無碗盤，也跳過；廚房裡有爐子、烤箱，甚至有洗碗機，餐具亦齊全，嗯，就訂這間。

就這樣，我整理好行囊，將一把好用的萬用廚刀收進打算托運的行李箱中，準備奔赴另一趟既可自在逛市集，又能自由選擇下廚於否的居遊之旅了。

以食物記錄友誼

在我認識的人當中，荷蘭好友安是特別低調的一位。安的丈夫阿奇是眼科醫師，兩人算是青梅竹馬，從大學時代便相識，如今已相守三十年。安學的是法律，初期當過執業律師，後來改進大企業擔任法務主管，事業之成功，並不在另一半之下。然而安一點也不像「女強人」，好比說，她從不把名牌標誌穿上身，打扮也並不顯眼，可是仔細一看，會發覺其衣裝從剪裁、作工到質料都精細考究，並非凡品。

我直到造訪了她和阿奇住的農莊，才發覺這對夫婦財力雄厚。記得我第一回走進那據說有一百多年歷史的「農舍」，看見牆上竟掛著幾幅美術館裡才見得到的名家畫作，忍不住倒抽了一口氣，安和阿奇原來如此富有。

我應邀到安家裡吃過好幾次飯，多半是為她或其獨生女兒慶生，賓客皆為近親好友，總有十來人，因此吃的都是自助餐，由熱愛烹飪的阿奇主廚，安當助手。為了配合不同年齡層的胃口，菜色打安全牌，都是常見的荷蘭菜，穿插義式風味。

我和約柏即將移居台北前，又應邀至他們家晚餐，那一晚的客人就只有我們，安正值青春期的女兒也不在家，去同學家開睡衣派對了。是阿奇來開的門，當晚換安當大廚，那會兒她正在廚房裡。

按荷蘭習慣，大家先在客廳喝點開胃酒，吃小點心。安看來不慌不忙，也坐下陪著聊天，快開飯前才又進廚房準備。

晚餐上桌了，前菜是韃靼鮪魚，盛在深盤中，圓形的塔有三層，端坐在看來以醬油打底的黑褐色醬汁中。塔的底部淺綠，應是酪梨丁，其上酡紅的自然是生鮪魚，亦切成丁；頂層為黃褐色碎末，看來像堅果，最上面還撒了翠綠的芝麻菜。「我們第一次相約外食，吃的是日本菜，記得妳還對我愛吃生魚片和山葵表示驚訝哩。」安邊上菜邊笑盈盈地說。

接下來是義式小餛飩，看來清清如水的高湯味道扎實且豐厚，我心想「果真菜如其人」。餛飩餡料有乳酪和火腿，味道似曾相識。原來安只負責熬湯，餛飩是阿奇包的，我來荷蘭的第二年，曾和阿奇一起上過一季的義大利廚藝課，這餛飩的做法正來自當時的食譜講義。

當晚主菜是檸檬烤雞，這一回換阿奇說菜，「安今天的檸檬烤雞加了神秘香料，讓妳猜猜看是什麼。」我切了一小塊，連皮帶肉一起入口，皮脆肉多汁，除了淡淡的檸檬味外，果然還有股獨特的香氣，有點熟悉，但我一時說不上來是什麼。

「我加了妳從台灣帶回來的香料啊，」安宣布謎底，「妳說那叫『山上的胡椒』。」原來是我不久前送給她的馬告。

就在這時，我察覺到安和阿奇其實是在藉著食物，記錄我們四人友誼的軌跡！

坦白講，安主廚的這頓晚餐並不是我這輩子吃過手藝最精妙的一餐，然而箇中蘊藏的情味是那麼真摯，我永生不會忘記。

閱讀使人胃口大開

我曾是極度偏食的小孩，快升上小學二年級時，才逐漸有了胃口。回想起來，可能是因為識字並且發覺閱讀的樂趣，讓我馳騁的想像力得到寄託，從此「開竅」，展開以飲食和閱讀為兩大骨幹的人生。

因為愛吃又愛看書，遂自然而然將飲食和閱讀連在一起，耽於閱讀飲食書籍，舉凡食譜、酒書、咖啡書、食評、食記、食物史，乃至相關的科普書，無所不讀，其中當然也有飲食文學。

像這樣的我，一旦講起看過且喜愛的食書，恐怕三天三夜也聊不完，就算我有力氣講，別人也沒那個耐性聽，所以就先來談談對我意義較重大的五本飲食書吧。

書單如下（依在台灣出版的年份）：

《吃的藝術》（劉枋著）

《肚大能容》（逯耀東著）

《如何煮狼》（M. F. K. 費雪著）
《五味》（汪曾祺著，簡體）
《食物的歷史》（菲立普·費南德茲—阿梅斯托著）

《吃的藝術》

我收集的食書中，中文和外文食譜書占了大宗，可靠的食譜書是好用的參考工具，可以啟發烹調的靈感。可惜的是，那種清清楚楚說明一顆番茄兩個蛋的標準食譜，實用歸實用，卻無法帶給我足夠的閱讀樂趣。

已故作家劉枋的《吃的藝術》和《吃的藝術續集》卻不然，它們不是制式食譜書，更像散文集，或者該說是用散文寫的食譜。祖籍山東的劉枋女士，文筆清爽，少見贅字，雖是信筆寫來，敘事卻細膩生動，像是位善於烹調的大姊在對朋友親切講解下廚之道。

她的食譜散文極少交代食材的比例、分量，卻能讓讀者看得津津有味，更在食指大動之餘，學會菜餚的做法和吃法。我就因此學會不少家常中國菜的做法，直到現在，我做滷味、打滷麵和風雞腿時，大致上仍依據她的指點。

如今重讀這兩本散文食譜，會覺得其文章內容多少較老派，反映出作者為文的時代氛圍，然而也正因如此，讓我讀著讀著就追憶起往日時光、進而思索起自己這些年來從廚房到世界的種種變化，這或許就是文學的力量。

《肚大能容》

在台灣，吾輩飲食文化研究者和作者，未曾蒙受逯耀東教授啟發或影響者，想來少之又少。

祖籍蘇北的逯教授生前是歷史學者、散文作家，也是美食家。他能吃、懂食，愛美食，而其歷史學術背景，讓他格外留意飲食的變遷和流動，也特別重視食物背後的歷史和文化意義。自稱「自幼嘴饞」的他，結合學術和愛好，不僅率先將飲食文化研究，帶入大學歷史課堂，更走出學院，以其功底深厚、理性和感性兼顧的文字，寫作出不同於當時多偏向食記或食物烹法的飲食文章，讓若干視飲食為小技小道的傳統文人和讀者也了解到，飲食其實反映著文化。

也正是逯教授對食物變遷過程的一番爬梳和寫作，令包括我在內的眾多台灣人察覺到，我們原本以為是「四川菜」的川味紅燒牛肉麵，其實發源於台灣，是「正港台灣製」的本土小吃。

《如何煮狼》

我書寫與翻譯飲食文字超過二十年了，在這段不算太短的歲月中，如果說有什麼足以令我自豪，應該就是曾翻譯繁體中文出版界僅有的兩本M.F.K. 費雪著作。《如何煮狼》是其中的一本，另一本為《牡蠣之書》。

《如何煮狼》雖曰煮狼，書中卻隻字未提到底該如何烹調狼肉。此處的「狼」毋寧是一個象徵、一個隱喻，引自莎士比亞的名言：「食欲，是一隻無所不在的狼」。本書最早寫於二次大戰期間，當時物資匱乏，食欲這隻惡狼卻在門外蠢蠢欲動，於是費雪在書中教人如何慎取物資，省吃儉用，不讓惡狼吃人，而讓狼為人所用。簡單講，她透過文字，指點讀者如何在非常時期仍保有簡樸自得的飲食樂趣。

一如費雪大多數著作，本書談的不只是飲食，還有生命的哲理與藝術。

這位已故世近二十五年的美國飲食文學大師，始終是我的偶像。

《五味》

已故中國作家汪曾祺是近代中國文學大師沈從文的門生，寫小說也寫散文，晚年寫作不少飲食散文，收集了其三十二篇飲食散文集《五味》，在其身後出版，比較完整地呈現其飲食文采。

有人稱汪先生是美食家，他卻自謙並不專精於吃道，只是愛研究如何粗菜細作，愛談吃。誠然，汪曾祺談起吃，既不擺譜也不作態，往往淡定而從容地自瑣碎的事物、微小的細節寫起，他不太關心豪奢美食，更愛講家常酒菜和各地的風味食物、小吃。

他不單只描述食物的滋味，舉凡與食物有關的人情世故、歷史與風土，皆娓娓道來，看似素筆，卻有情有意境，顯露了他對日常飲食乃至生活的想法，從而展現其生命情調和文化視野。

《食物的歷史》

如果你不甘心只當個吃貨，期許自己能成為「知食分子」，在享受口腹之欲的同時，也能夠深入飲食文化的核心，明白飲食和文明的關係，那麼英國歷史學者費南德茲—阿梅斯托的《食物的歷史》，就是該讀的書。

學院派出身的作者嘗試透過食物的歷史，宏觀探究人類的文明史，他不以食物的風格分類，而致力追索當前的飲食趨勢的來龍去脈，從而提出食物史上「八大革命」之說。本書從第一項大革命，也就是烹飪的發明寫起，漸次談及食物的貿易史、食物與文化交流的關係等等，最後講到近代以來飲食的工業化現象。

忝為本書譯者，儘管在迻譯過程中，由於原文多長句，一個句子動輒十行是常事，加上典故也不少，使得我好幾度邊譯邊暗自嘀咕，大嘆稿費太難賺，然而在我總算譯完這本企圖心旺盛且多半實現其企圖的著作時，仍深深感覺自己是幸運的，因為我不但得以比大部分台灣讀者更早（希望也是更仔細地）讀到這本堪稱擲地有聲的食物史傑作，並且透過閱讀此書，似乎朝「知食分子」的目標又邁進一步。

夜裡，掛起一盞燈

還住在荷蘭時，有好幾回在寒冷的夜晚，和丈夫從外地返回鹿特丹。地鐵和電車皆已收班，我們在火車站搭上計程車，朝南往河畔的家駛去。車一過河，遠遠便看見一盞暈黃的燈，掛在碼頭邊上小酒館的廊柱上，店裡黑洞洞的，待車駛得更近，才看到裡頭尚有一抹微綠的光芒，想是吧檯生啤酒機上的標示燈牌。

門外那盞燈，光線如此柔和，令我心頭一陣暖，在這同時卻又浮現幾許悵惘。夜真的深了，café 已打烊，那會兒，如果我人在台北，應該還找得到一兩家小吃店，可以請司機提早放我們下車，切一盤滷菜，吃一碗湯麵，讓整個身子由裡到外都暖烘烘的。

又或者，我更樂意自己在東京，置身於午夜才亮燈營業、一早便打烊的小食堂中，和不知從哪兒冒出來的好幾位夜貓子，圍攏在吧檯兼料理檯邊上，點一杯冷酒，來一塊味噌鯖魚或冷豆腐下酒，一邊吃喝，一邊聽著不做菜時手裡常夾著菸的掌櫃和客人閒談。喝完一杯酒，要是還不滿足，我會再來一杯，然後以店家每日固定賣的豬肉味噌湯收底，讓熱呼呼的「豚汁」沖走深夜最後一絲寂寥。

寫到這裡，說不定你早已發覺，我講的並不是現實生活中任何一家食堂或餐館，而是日本漫畫家安倍夜郎筆下的《深夜食堂》。在漫畫和改編的日劇中，那一道道料理、一則則溫心暖胃的故事，不但勾起讀者和觀眾的食欲，也激發許多人的憧憬和嚮往。我們多麼希望在自己的城市裡也有一家這樣的食堂，然而我們也明白，這間食堂在現實生活中可能並不存在。就算有，亦未必能夠擁有那令人平靜的奇妙力量，而書中的食物一旦吃到口中，或也不如想像中那般美味。

我因好吃，喜歡烹飪，又寫飲食書，不時就有也是《深夜食堂》粉絲的好友，慫恿我在台北或上海開家小館子，說什麼「地點我找，資金我出，妳只管打造心目中理想的深夜食堂，讓我夜裡還有個地方，可以舒服地喝點小酒，吃點小菜」之類的話。

現成的金主在眼前，這樣的提議聽來誘人，但是我有自知之明。偶爾多燒幾個菜，請朋友來家裡便飯，並難不倒我，真要開店，除了得主掌廚事，還必須招呼客人、進貨、管帳、應付大大小小雜務，我不過是個家庭煮婦，可沒那能耐，才不會當真去開店。

然而坦白講，自朋友提出建議後，「理想的深夜食堂」這個念頭就在我腦海中生了根，閒來無事就會拿出來想一想。如果我有能力、有財力，能夠不計成敗地開一家深夜食堂，會是什麼模樣呢？

光想，還不過癮。儘管我在現實中開不了館子，卻能夠將構想化於紙上，遂提起筆來寫了幾個故事，嘗試刻畫我心目中的理想食堂。

精確的講，其實不是食堂，那到底太日式，而我終究不是深諳日本飲食文化的日本人。我想像中的這家小店略似荷蘭的 bar，名為酒吧，但也供應咖啡和茶等飲料，它也有點像在威尼斯或巴塞隆納

隨處可見的街坊餐酒館，櫃檯上擺了五、六盆日日更換的小菜，說不上來具體屬於何方菜色，好比常有地中海風味的油漬烤甜椒和烤圓茄，偶爾也見東洋風的味噌芝麻四季豆，或加了醬油與香醋的法國燻鴨胸肉拌黃瓜絲。客人想吃什麼，用手一指便是。

除了小菜，小店每天也供應兩三道當日主食，有麵有飯。不很餓，不想吃主食，那麼來一份店主自烤的手工麵包和當日湯品吧，或是洋溢著春天氣息的什蔬湯，也可能是秋天的南瓜濃湯或蘿蔔干貝清湯，大抵上，看菜市場有什麼當令的食材就煮什麼。

小店有一般的桌位，配著老式的襯墊扶手餐椅，熟客卻捨這些看上去挺舒服的絨面座椅不坐，就愛搶占吧檯邊的高腳凳，便於和在檯後掌櫃的店主聊天。說到店主，她才真是小館的靈魂，其人皮膚細緻，不顯年齡，你只有從那沉靜的眼神才覺得出她並不很年輕。下雨天，你一進門，才剛坐好，她便奉上乾爽的餐巾讓你擦拭髮上的雨絲，並不急著問你要點什麼，先緩口氣再說吧。店主如此體貼周到，加上室內燈光暈黃，爵士樂聲悠揚，隱約還飄著一股食物與咖啡的香氣，林林總總，都教人一坐下就想窩著不走。

一如安倍夜郎的《深夜食堂》，一位客人最多只能喝三杯酒，這小店也有個規矩，標榜「把酒言歡，微醺最美」，生人也好，熟客也罷，都歡迎品酒小酌，絕不賣酒給刻意買醉之人。酩酊的酒徒模樣難免狼狽，既是我心目中的理想，當然不該出現爛醉之人。

哦，忘了講，這家小店叫作「遠方小酒館」。每到夜裡，小酒館的門外就亮起一盞燈，迎接飢餓的、疲憊的、寂寞的人，淺淺地喝一兩杯酒，慢慢地吃幾樣小菜。

2 芒種

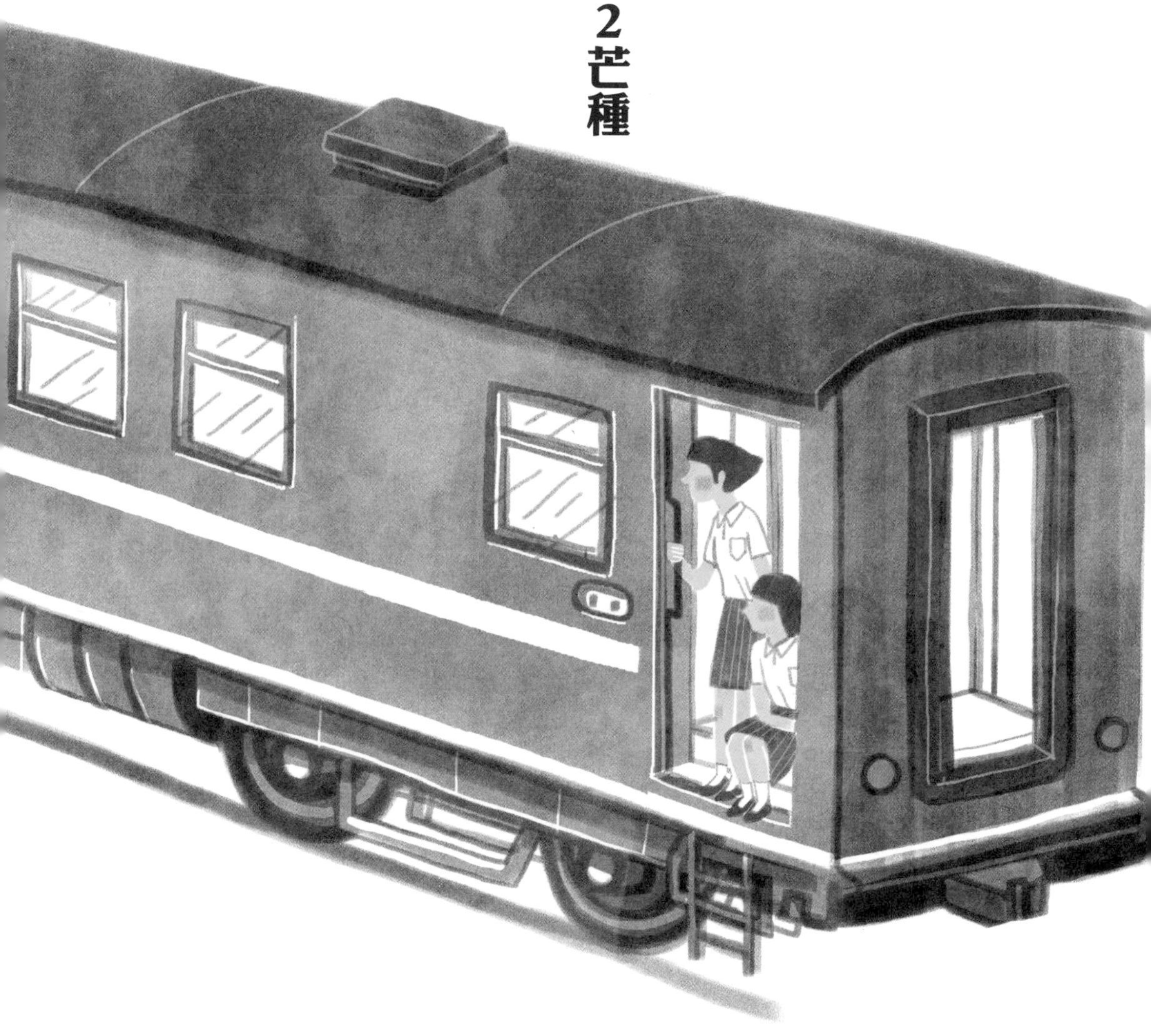

盛夏的一碗冰

午後三點，我戴著墨鏡，扛著大布袋出門，到郵局寄一箱書。或許是肩挑重物之故，不過五、六分鐘的腳程，走得我汗涔涔，髮際都濕了，枉費我還撐著抗ＵＶ紫外線的陽傘。

郵局的先生幫著我將書箱抬進櫃檯後面，我付了郵資，拿了收據，離開設有空調的室內，再次投入火爐般的街頭，才一會兒便又得掏出手帕，抹去額頭和頸項新冒出的汗珠。暑熱太難耐，決定先到冰果店吃碗冰再回家。

冰果店門面是半開放的，一台冷氣轟隆隆，製造出的涼風聊勝於無，幸好刨冰機不時便颯颯有聲地刨出細碎的冰花，看得我冰尚未入口，心底便沁涼了三分。盛夏的冰果店和刨冰，應該算得上台灣人的小確幸吧。

櫃檯上的保冷玻璃櫥裡，排滿形形色色的刨冰配料，大、小紅豆和綠豆是基本款，芋圓、地瓜圓、圓仔、粉圓等「圓家班」也少不了，還有薏仁、炒或煮的花生、愛玉、仙草……

一如大多數的冰店，到這裡吃盤刨冰，也是一個價、任選四樣料，想要多加一兩樣料也行，多一樣就多給一樣的錢。如此計價方式似乎全台灣皆然，這種「四樣冰」的食法，到底始於何時？

至少在我兒時，也就是七〇年代，還沒有四樣冰之說——不過那時有四果冰，亦即四種蜜餞加刨冰。想當年，菜市場的冰店供應的配料種類，可不像如今那麼繁多，除了四果和紅、綠豆外，就只有粉條、米苔目、愛玉、仙草和「豪華」的雞蛋布丁。

客人上門來，一般都是挑一樣配料，或吃愛玉冰、仙草冰，或來碗紅豆冰、粉條冰。記憶所及，大夥吃冰頂多也就配兩樣料，好比綠豆併米苔目，口袋稍飽滿的，可能會請店家淋點煉奶，手頭更闊綽的，就再加顆布丁。然而，在我看來，這些都比不上一碗最便宜的清冰，那才是最美味的刨冰。

那年頭的清冰，指的是澆了糖水和酸梅汁的刨冰。梅汁裝在咖啡色的紅標米酒矸裡，瓶口罩著塑膠蓋，蓋上戳了幾個小洞；老闆刨好一碗鬆鬆的冰花，淋上一杓用砂糖熬的糖水，拿起酒矸，連蓋子都不必打開，瓶口向下，朝著刨冰甩兩下，梅汁就穿過洞口，灑在冰上，把白花花的冰花染成酡紅，也把原本無滋無味的碎冰，化為酸酸甜甜的涼品。

童年的我從老闆手中接過清冰，先不攪勻，從梅汁最集中、色澤最紅的地方，直接舀下去，送入口中，甜中帶酸的冰流從喉嚨一路下滑到胃部，太痛快了。可惜我並不是經常都能吃到心目中最好吃的這一碗刨冰，原因無他，母親不許。

「那個酸梅汁根本就是人工色素、人工糖精再加上不知道是什麼的酸東西，簡直是毒藥。乖，還是吃碗綠豆冰吧。天然的比較好，又清熱退火。」她總這麼說。於是，我只有在跟著玩伴偷偷跑去市場吃冰時，才能瞞著媽媽，吃她口中的「毒藥」。

現在想想，我那當了半輩子老師的母親，也算是先鋒人物，那麼早就留意到食品安全問題，始終偏好天然的食品，少食人工化合物。而我那麼愛吃清冰，一來是因為兒時玩伴零用錢不多，只吃得起清冰，家境較好的我不想與眾不同，二來或也有「不給吃就偏要吃」、越是禁忌就越要嘗試的小小叛逆心理。

多年之後的這個炎夏午後，我站在夜市邊上的冰果店櫃檯前，望著琳琅滿目的配料，毫不猶豫地點了綠豆、紅豆、花生和薏仁，至於旁邊那五顏六色的草莓醬、粉粿、芒果青等等，顏色太鮮豔，少吃為妙。

瞞著媽吃清冰的童年早已悄然遠去，天上的母親看著她這如今歲數不小的小女兒，說不定會含笑地說「這才是我的乖孩子」。

逛市場、接地氣

這一回越洋長途旅行歸來，時差特別嚴重。想我沒多久以前還在綠蔭濃翠、清風徐來的荷蘭老城運河畔散步，晃晃悠悠；轉眼卻已回到暑氣蒸騰、赤日炎炎的亞熱帶盆地，隨便走兩步路便滿頭大汗。外在環境落差如此巨大，也難怪我的身心一時無法調適。

也因此，除了有兩天下午不得不出門履行公務以外，回台一週，我大半時候都宅在家裡，賴在沙發上吹冷氣、喝冰茶，有一搭沒一搭地滑著平板電腦，不時打個盹。總在半夢半醒間，以為自己不在這裡，宛若到了另一個時空，遊遊盪盪，浮浮沉沉。

如是渾渾噩噩數日，終於有一天，頹靡到都開始討厭自己了。這時我領悟到，該振作起來，上菜市場買菜，好好地做一頓飯了。於是，週末上午將近十點，我來到設有空調的菜市場，混在熙攘的人群中，走向熟悉的菜攤。

「妳好啊，一陣子沒見了，」老闆親切地向我這老主顧打招呼，「是回歐洲度假了嗎？」

「對呀。」我微笑著點點頭。攤上的菜蔬一如既往，擺得整整齊齊，不過隔了一個多月，貨色有點不一樣了。

「暑假了，怕熱的菜就少了，」老闆解釋說，「有也是進口的，比如青花菜。」可不是嘛，去歐洲前幾天還在攤上看見白蘆筍和羽衣甘藍，此刻已不見蹤影。我左顧右盼，眼前椒紅茄紫，繽紛熱鬧，看得我心情也跟著飛揚起來，可是我並未失去理智，考慮了片刻，才下手買了今後三天確定用得著的食材。

我向老闆道別，繞去牛肉攤，買了一小塊肩胛肉，請肉販絞碎；接著上豆腐攤，要了一方非基改的傳統板豆腐。最後一站是魚攤，我在這裡挑了現流的黃雞魚。今晚打算燒一盤辛香下飯的麻婆豆腐，熱鍋冷油下薑片，將魚煎得「赤赤」的，末了再炒個香菇青江菜。如此三道菜，兩人吃，夠豐盛了。

我手上的保冷袋變重了，肩上扁扁的花布袋則變得飽滿。更妙的是，我來到市場前，還恍然漫步在雲端，這會兒卻感到一雙腳是切切實實地踩在地上。我總算接到地氣，可以上二樓的麵攤，點一碗粿仔條，切一盤黑白切，以道地的台灣味，慶祝自己重返日常生活。

夏日就該自討苦吃

三伏日，溽暑蒸人，坐在家中動也不動，也能一身大汗。我自小便知，這時可多食各種含水量高的當令瓜果，補充水分；長大後又聽說，盛夏應該吃苦，暑日吃苦如吃蔘。於是炎炎夏日，我綜合兩者，每隔幾天就吃上一盤苦瓜，或炒或燉，或汆燙了涼拌，偶爾甚至切成薄片，淋蜂蜜芥末油醋汁，當成生菜沙拉，總之就是要「自討苦吃」。

雖說是自討苦吃，舌上的苦味到了喉間卻有甘甜的餘韻，讓人苦盡甘來。而中醫的夏日宜食苦之說，其實也有「科學」的解釋，原來苦味食物多含生物鹼、胺基酸、維生素和礦物質等，不但能夠消暑退熱，且有促進血液循環、舒張血管的作用。苦瓜尤其好，因其含有少量的「金雞納霜」，也就是可以退燒解熱，亦能治療瘧疾的奎寧。此一葫蘆科植物源於印度，在亞熱帶台灣四時皆有，一年到頭都買得到，然而還是夏、秋時分最「著時」，產量大、品質優。

記得母親還在世時，每回嘴乾舌燥，自覺「上火」了，就會用苦瓜、檸檬和蜂蜜加水打成果汁，「火氣大，喝這個最退火。」母親如是有云。我懷疑，退不退火或是其次，她根本就愛吃苦瓜。

要不然，為什麼前兩天才吃了涼拌苦瓜，昨晚又端出豆豉小魚乾炒苦瓜，倘若明天她再請幫忙家務的陶媽媽炒一盤苦瓜牛肉，我也不會太驚訝——雖然在原籍汕頭的陶媽媽口中，這道菜換了名字，叫作「涼瓜牛肉」。

除了涼瓜這別名，苦瓜也有「君子菜」之稱，這是因為苦瓜與他物一同烹煮時，不會讓別的食材染上苦味，有如君子那般只苦自己、不苦他物。

苦瓜外形最大的特色是外皮有一粒粒突起，我在汪曾祺先生的文集中讀到，在其家鄉江蘇高郵和興化一帶，苦瓜叫作癩葡萄，其命名來源應該就是那大小不一又凹凸不平的粒狀果瘤。先父的老家離興化不很遠，可惜我已來不及問他，每回媽媽津津有味地吃著苦瓜，他卻一口也不沾，除了不愛苦味外，是否跟癩字所引發的不悅聯想有關。

高郵人稱之為「癩」的果瘤，換到咱台灣農民口中，名字變得好聽也珍貴多了，那叫作「米粒」。可是倘若仔細端詳，會發覺那粒粒的突起並不全似稻穀，有的較渾圓似珍珠，有的呈長條形，小小尖尖如刺者亦有之。

苦瓜品種繁多，顏色也不盡相同，偏白泛青的，就叫白苦瓜或白玉苦瓜，苦味最淡，瓜肉較鬆軟，是市面上最常見的品種。你去小攤吃苦瓜丸、喝苦瓜排骨湯也好，上自助餐店點一小份炒苦瓜也好，吃到的經常都是白苦瓜。

也有青苦瓜，瓜色自然是綠的，按顏色深淺又區分為大青苦瓜和粉青苦瓜，越綠就越苦。近年來，市面上還多了據說更「養生」的深綠色山苦瓜，這是較接近野生品種的苦瓜，個頭較小，甚至有袖珍到幾乎可以一口一顆的迷你瓜。我小時候並未見過山苦瓜，一直到大學時代去花蓮山村，聽村民說，部落有種山苦瓜，苦得很，台北少見。我好奇地生吃了一口，哎呀，苦不堪言。

再吃山苦瓜，是多年之後的事，在沖繩。那是我頭一回去舊名琉球的沖繩，餐館店主推薦當地盛產的一種「吃了會長壽」的瓜，叫 goya。他還說，沒吃過 goya chanpuru（炒什錦），等於沒來過沖繩！人家話都這麼說了，我這貪吃的觀光客能不點嗎？

沒過多久，熱心的老闆便將那盤炒什錦端上桌，順便還帶了一條 goya 給外來客人瞧瞧。我一看，分明就是山苦瓜嘛。那盤中除了有苦瓜、豆腐、雞蛋外，還點綴著看不出來是什麼的肉條，頂端並撒了日本料理中常見的柴魚片。

我挾了一筷子入口，這山苦瓜不知如何調理的，並不苦，而那肉條居然是二戰時期美國軍糧「午餐肉」（spam）。這小小一盤炒什錦，融合了中國、日本和美國的風味，呈現出複雜的「琉球滋味」，而我在嚥下這一道沖繩特色菜餚時，不但嘗出當地的風土味，也吞進琉球群島自古以來夾處在中、日兩國之間，二戰後又曾被美軍管治的歷史。

飲食從來就不只是口腹之欲而已，這裡又是一例。

而所有苦瓜菜色，特別是夏季吃來清爽又開胃的涼拌苦瓜，在某種程度上不也是人生的縮影，體現了人生之味？台灣人做涼拌苦瓜，調味料中往往有甘甜之物，除了基本的糖以外，也可以加上一兩匙破布子、梅汁或蔭瓜等佐料，末了再淋少許醋或檸檬汁，以酸味中和苦味。

我老覺得這有點像人的一生，生老病死、辛酸甘苦自是難免，所幸在遭遇人生的關卡時，我們總能夠選擇逆境求生或順勢而為，以適情適性的方式，直面無常，並且苦中作樂。

吃涼筍的好季節

立夏已過，天氣一天潮濕過一天，一天也熱過一天，尤其是島嶼北部的盆地和山谷地帶，悶熱更甚於相對乾爽的南部。我從北溫帶的荷蘭回台北定居後，畢竟是自己的家鄉，很快就適應了新的生活型態，唯獨這亞熱帶夏季燠熱的天氣，對我仍然是一場考驗，所幸還有當令的綠竹筍，那甘美清甜的好味道讓這溽暑不那麼難耐。

我從小愛食筍，祖籍江蘇的先父偏愛孟宗竹筍，尤其是天涼時分才上市的冬筍。還記得每到秋末冬初，外殼覆著金黃色絨毛的冬筍一出現在菜市場，父親也不管新筍價格有多貴，迫不及待便買上兩三支，切片加高湯燴雪裡蕻，再嗆少許的紹興酒，鹹香甘美，清爽卻下飯。待冬筍價格稍平，就一次多炒一點，挪出一部分來煮麵，這一碗雪筍煨麵，湯濃、筍鮮嫩、麵軟而不爛，是父親的家鄉味，也是我記憶中無限美好的冬之味。

到了春天，孟宗竹筍改披上黑中帶褐的絨毛衣，個頭也大了一點，這

時就改叫春筍了。春季的孟宗竹筍生長速度較快，味道雖不如冬筍細緻，但依然脆甜，而且價錢更親民。父親愛用春筍紅燒豬肉，咱一家大小一見到筍燒肉，個個眉開眼笑，誰都是一舉筷先夾筍塊，只因誰也都曉得那已吸取醬汁並保有清甜滋味的筍子，可比五花肉還美味。

挖採冬筍和春筍的季節並不長，更常上桌的是綠竹筍，出生於高雄的母親愛的正是這夏季盛產的綠竹筍。台灣的綠竹筍產季相對長，從三至十月都有，南部天氣較熱，筍的盛產期分別是四月下旬至五月下旬，七月中旬還有一波，北部則是六月中至七月中與八月下旬。瞧，這日子配合得多好，雖然炎夏苦長，在這漫漫長夏中，愛吃筍的台灣人卻不愁無筍可解饞。

說到綠竹筍，那做法可就更多樣了。除了以油慢煎這烹法我始終未見識過外，其他各種做法，舉凡炒（清炒或炒肉絲）、煮（排骨湯或筍絲蚵仔粥）、炸（乾煸筍）、燉（紅燒肉）皆宜，甚至可以仿照日本料理的手法，將筍煮熟後抹上味噌田樂醬，進烤箱烤到香噴噴。

不過，酷暑夏日，我們家最愛吃的還是涼筍，台灣的夏日怎可無涼筍？母親還在世時，除了早餐，不論是在家吃飯，還是到外頭用餐，幾乎頓頓都樂意吃涼筍。一般蘸天然釀造的好醬油，偶爾有鄰居送來自己做的美乃滋（蛋黃醬），就學外頭的吃法，舀個一小坨放在盤邊，吃個兩塊筍蘸醬油，便換個口味，蘸一點美乃滋。也許是從小吃慣了，一直覺得鹹中帶甘的白蔭油更能夠襯托綠竹筍的清甜，濃稠的台式美乃滋（尤其是市售的工廠貨）味太甜、太濁，多少掩蓋了涼筍原有的好滋味。

眼下，又是綠竹筍當令時分。這一天早上，我趁著夏陽尚未撒潑，陽光還不算太毒辣，出門買筍去。菜市場外頭常有兩三位農婦模樣的歐巴桑，坐在街邊賣筍。這些筍子來自觀音山或陽明山，都是當天一清早日出前才挖，土黃色的筍殼上還殘留著泥土。

歐巴桑問清楚我要做的是涼筍，替我挑了三支不大不小且形狀比較彎曲的筍子。「我給妳選的這幾支筍仔，做涼筍尚讚。」她把筍子裝進袋中，一邊說，「像這款，彎彎的，頂端沒有青青的，尚好。」

這個常識我也有，綠竹筍不但宜選彎如牛角的，且忌諱筍尖已變綠，俗話叫「出青」，這表示筍尖已長出地表，進行過光合作用，味已變苦。

健談的歐巴桑收下我的錢，又說：「我的筍仔攏不苦，妳若是不放心，煮的時候，水裡加一點點的米，保證不會苦。」這個菜市場小知識、小撇步，我倒是未曾聽過，待會兒回家就來試試。

我笑著向健談的歐巴桑道謝，接過今年第一袋綠竹筍，腳步輕盈地往回家的路上走。吃涼筍的季節又來了，真好！

看星星來請客

《台北米其林指南》一「放榜」，不出所料，各界議論紛紛。好奇者有之，從而掀起一陣追星潮，摘星餐廳的訂位電話接到手軟；批判者亦有之，批評的內容不外乎「為什麼某餐廳沒有入選」、「外國人懂什麼台灣美食」、「憑什麼某餐廳得幾星」等等。

坦白講，我雖吃過不少星級餐廳，卻不是追星族，也不認為台北的星星名單全面地反映台北高端餐飲的現況，然而這並無損於米其林星級評鑑的功能和價值。說到底，可別忘了，米其林設想的讀者群始終不是本地人，它其實是「提供遊客參考的觀光指南」。不談別的，單從對星星評等的描繪，好比說二星是「廚藝卓越，值得繞道前往」，一星為「值得停車一試」，便可得知它是為（駕車或搭車）到外地旅遊的觀光客而寫，台灣本地讀者只要明白這一點，便無需對星星名單耿耿於懷。

正因為米其林是要給外來的觀光客做參考，其「密探」的組成自然不能是清一色的本地人，而需廣納來自不同地區、國家和文化的老饕，於是米其林推出的餐館名單，儘管並不見得忠實呈現在地人的喜好，卻有個好處，外地人到了這些餐廳，就算吃不懂，也多半不會有「踩雷」之感，甚且覺得合胃口。

這麼一來，問題來了。既然米其林指南主要是寫給遊客看的，對本地人而言，難道就沒有參考價值？當然沒有這回事，它可是絕佳的「請客」參考名單——如果你需要款待的是造訪台灣的外地客人，這名單更是實用。

好比說，我就欣然發現有兩家我心目中的絕佳請客餐廳也摘了星，以後再請海外朋友前往用餐，我可更有「面子」了。其一為二星的「請客樓」，另一為一星的「金蓬萊遵古台菜」。這兩家的裝潢比一般同等級館子講究，皆無雕樑畫棟的俗豔之感，座位也相對寬敞舒服，菜餚餐點基本到位，滋味雖不見得令人「銷魂」，但水準一致，精美可口，不但適合招待外賓，就算本地人也覺得「耐吃」。請客樓的酒單和服務都比金蓬萊更好一點，但不知這是否亦是其星等有別的原因。

到請客樓，與其點有高檔食材的「套餐」，不如單點。我尤其喜愛其「小菜」，好比煙燻素鵝、香酥小鯽魚、悄悄話和百頁豆腐絲等，都不是稀奇的菜色，然滋味細緻，手工精巧，值得多點幾道。吃了小菜，三、四分飽了，接著可以點兩三樣葷食熱炒和蔬菜，我常點的有豆干或泡菜牛肉絲、京醬肉絲和乾煸四季豆，建議同時來份蔥油餅。服務人員會在桌邊代客將菜和餅組合成一捲捲才端上桌，讓客人可以優雅地拾而食之。喜歡吃麵食的話，還可以點一碗黃魚煨麵或乾拌麵分著吃。如果有六人同桌，則不妨點一鍋台式麻油雞飯或白鯧米粉，一人吃上一兩小碗，吃巧也吃飽。

金蓬萊則是我已吃了二十多年的老店，米其林名單公布後，不少人質疑為什麼同在天母、系出同門的「興蓬萊」並未摘星，畢竟兩家餐廳的招牌菜和菜色水準差不多，且各有各的主顧。

我同意這兩家的菜色味道差別並不大，金蓬萊勝在第三代業主更善於掌握新思潮，對用餐環境和菜色的品相多用了一點心思，餐館從裡到外的包裝因此較有新意，也更符合當下消費品味。當然更重要的是，金蓬萊的菜色果真遵循古味也尊重傳統，並不胡亂創新，舉凡白斬雞、排骨酥和五柳枝等招牌菜，多年來都不走味，不但合我的台灣胃口，外地訪客亦多半愛吃，尤其是排骨酥，簡直人吃人愛。

關鍵在於胸前

路邊有輛小貨車，車斗中小西瓜堆積如山，形似圓球，淺綠的瓜皮分布著墨綠色條紋。炎夏吃西瓜，消暑又解渴，就來買一顆吧。

「這是小玉西瓜嗎？」我問賣西瓜的小販。

我偏愛黃肉的小西瓜，總覺得比紅肉的爽脆，味道亦較清甜，更合胃口。個頭不太大的尤其好，對剖開來，手捧半顆，用不鏽鋼湯匙挖取果肉，一口接一口，乃酷暑一樂。

「大姊，這不是小玉，真正的小玉早就絕種了，」這小販看來三十左右，留著平頭，圓圓的臉上掛著方框眼鏡，「這是改良品種，我們中部的『欣然』，好吃哦。」

「這叫欣然？」

「不是，是新舊的新，蘭花的蘭，新蘭啦。」

「是黃肉的吧？」

「當然，如果是紅的，包退。」

管它名叫欣然或新蘭，只要是我愛吃的黃肉小西瓜就好，莎士比亞不就寫過「玫瑰不叫玫瑰，依然芳香如故」？我這個食瓜者在意的是瓜甜不甜、脆不脆，並不是瓜的名字。

人家都說挑西瓜得拍一拍，藉著聽聲音來辨別優劣，我遂裝模作樣地選了一顆，拍一拍，放下，拿起另一顆，又拍拍。坦白講，聽起來差不多，到底哪一顆才是顆好瓜？賣瓜者想來比買瓜者在行，乾脆請老闆幫忙挑一顆。

但見他一手捧著小西瓜（蒂頭朝上），另一手輕拍瓜身，隨即又挑了另一顆，重複同樣的步驟，這一回聲音似乎較渾厚。

「這一顆讚哦。」賣瓜的人說。

「好，那就這一顆。」

他秤了重、報了價；我付了錢，取了瓜，隨口請教對方，到底什麼才是拍西瓜的「好聲音」。

「很簡單，如果像拍頭的聲音，」老闆輕拍自己的腦袋瓜，啪啪兩聲，「太生。」緊接著又拍拍他那圓滾滾的肚腩，這聲音較悶，「太熟。」

「這個剛剛好，」這一回是胸膛，聲音不高不低，「關鍵在於胸前，拍西瓜的聲音就要像拍這裡，保證西瓜脆又甜。」

我看他這裡拍拍，那裡拍拍，儼如「帶動唱」，莞爾問道：「那萬一沒有大肚皮呢？」

「沒關係，沒有肚子，」他邊說邊拍拍自己肉肉的臂膀，「還有蝴蝶袖啊。」哈哈，這位小哥可真是難不倒。

行走於台北街頭，不時會遇見如此有意思的「升斗小民」。彼此的交流儘管短暫，我卻從而長了見識，多了知識，市井果真處處有能人。

菜市仔的小清新

因為要為「台北文學季」主辦的逛市場活動擔任領路人，我重返曾經再熟悉不過的東門市場。少女時代在東門町這一帶前前後後住了十年，住家離市場步行不過五、六分鐘，記得高中那三年，每逢週末，我不是陪著爸媽上菜市場，幫忙提提菜，就是隨同姊姊或弟弟，從金山南路上的入口，走到內市場靠近信義路的巷子裡吃米粉湯配黑白切。

這一天我純為考察活動路線而來，因此途經那兩家米粉湯名攤時，並未駐足停留，隨意看了兩眼，就朝著信義路方向行去，快走到大馬路時，左側有家明亮的小店吸引了我的視線，店的上方掛著白色招牌，簡單畫了幾個球形，寫著「東門彈子房」五個字，然而觀其門面，白和灰是主色調，以木格窗櫺分隔內外，窗前還擺著狹長的原木板凳，這顯然不是可以打撞球的「彈子房」，反而有著「文青」調調，在菜市仔這多少有點雜亂的環境中，格外醒目。

這家小店到底在賣什麼？

我邊納悶邊繼續前行，走出巷口、來到人行道的那一剎那，實在按捺不住好奇心，趕轉回去看看。這時方發覺，招牌上還有個小小的英文字ICE，又瞧見白牆上貼著長長的木條，木條上擺著紙卡，白紙黑字寫著諸如芋頭、紅豆、綠豆、花生和芒果等字。當下明白，招牌上的球不只有撞球的寓意，這家「彈子房」其實是冰淇淋店，哦，或許該說是叭噗店，因為紙卡上顯示的是各種「正港」的台式叭噗口味。四十歲以上的台灣人，有誰沒有向街頭阿伯買叭噗的經驗，夏日裡那一聲聲「叭噗叭噗」的喇叭聲，是多少人甜美的童年回憶？

「請問你們賣的是不加奶油和牛奶的叭噗嗎？」

掌櫃的店主看來年紀不大，他微笑著回答說，除了牛奶、巧克力和抹茶口味的，其他統統沒有摻奶製品。

「那應該就是叭噗了。」我心想，遂要了芋頭、紅豆和花生這三種最傳統的口味。掌櫃拿出冰鎮過的玻璃盅，舀了三大球叭噗，每一球都比推車叭噗的個頭大了兩三倍。芋頭呈淺淺的灰紫色，紅豆是淡淡的胭脂紅，夾著豆殼碎屑；花生呢，就是焙炒過的去皮花生或花生醬該有的色澤。從尺寸來看，走的是美式冰淇淋的路線，可品相顏色更接近昔時不加色素的叭噗。

我一嘗，是叭噗，可又有點不一樣。味道是純正的，簡單講就是芋頭有芋頭味，紅豆有紅豆味，花生有花生味，不過沒有那麼甜，質地和口感亦不像萬華一家老店的老派台式冰淇淋那麼Q那麼黏，清爽不甜膩，很合我胃口。

和店主聊起來，才得知小店的冰品皆是這位姓張名恩豪的年輕人自製的，那爽口的風味乃是他刻意為之。傳統的叭噗因為不含牛奶或奶油，通常會加太白粉為天然黏稠劑，可是如今人們不愛高脂高熱量，他製作冰品時不但減少糖量，更不加太白粉，盡量仰賴物料原有的澱粉質來支撐稠度。

原來如此，怪不得店裡用本土雜糧和當令水果製成的冰品，質地較鬆，介乎傳統叭噗和冰砂或果酪之間。「那就是進階版的叭噗嘍。」我開玩笑地說。

是叭噗也好，不是也罷，總之我樂見有新思潮的年輕人，在傳統市場開設這樣一家真材實料的冰店，讓本地飲食地景更添多元面貌。

溪邊買了蒿苣花

下午四點半，回家的路上，在溪邊公園看見樹蔭下坐著一位歐吉桑，臉孔曬得黝黑，素衣素褲，趿著拖鞋。他身邊的矮牆頂上有一溜帆布袋，鼓鼓的，我走近一瞧，敞開的袋裡躺著幾顆木瓜，還有一只半掩的袋子露出青綠的菜葉。是賣菜的阿伯。

平時每隔兩三天的向晚時分，會有位歐巴桑來溪畔兜售自家的農產。我最愛這種農家自種自售的貨色，賣的常是當天現採的當令蔬果，特別新鮮，價錢也實惠，畢竟少了中間商。還旅居荷蘭時，想要像這樣直接跟生產者買菜，要麼須專程前往農場，要不就得週末上農夫市集，哪裡像環山的台北盆地，常有山上的農家下山來賣菜，台北人真是幸運。

可是，怎麼今天換了人？歐巴桑呢？

「阿伯，恁叨位來詼？賣啥乜？」

「我從關渡來的，這些攏是自己種的。」歐吉桑將袋子一一掀開來給我看，「有番薯葉仔、紅鳳菜、紅菜頭。啊，還有這個，紅A仔葉。」

我探頭一望，這不是紅皺葉萵苣嗎？葉片自底部往上色澤漸深，從粉綠變成翠綠，皺捲的邊緣紅中帶紫，一顆顆萵苣就像一朵朵盛開的大花。此菜質地清脆，入口咀嚼有微微的苦，繼而回甘，將之洗淨，浸冰水，瀝乾後淋油醋汁拌一拌，就是爽口的沙拉，隨手撒點堅果仁，更香。

我從那一大袋萵苣中，隨意挑了一顆，交給歐吉桑秤重，他卻遲疑著沒有立即伸手接過去。「歹勢，沒塑膠袋仔，我忘記帶。」他吶吶地開口，「阮某馬上送來。」

我連忙說，莫要緊莫要緊，心底禁不住莞爾：好不容易換丈夫來幫忙賣菜，結果歐巴桑還是得跑一趟。

老農將這顆萵苣放在磅秤上，瞇著眼瞧了瞧秤面的刻度，「這樣只有十幾塊錢，算十五塊錢好了。」我一聽，可真覺得不好意思，皮夾裡只剩千元鈔，這不是給人添麻煩嗎？那就也買顆大木瓜吧，反正我是「木瓜控」，天天吃也不膩。

我肩上的購物袋原已裝了八成滿，塞得了木瓜，卻裝不下菜。沒關係，索性將這一大顆翠綠翡紅的萵苣輕輕捧在手中，有如捧著一束最美麗的鮮花，慢慢走回溪對岸的家。

上天的恩寵

《你的孩子不是你的孩子》劇集在朋友圈形成話題，螢光幕上那一幕幕為人父母者對子女施以精神凌虐的畫面，教人觸目驚心，從而思考起不少華人家長期望自家孩子「比別人強」，不時假「我都是為你好」之名來管教子女，到底是對是錯。

這也讓我想起來，曾在英國作家彼得·梅爾的書中讀到，古早的普羅旺斯人相信法國薔薇（French rose）具有神奇的力量，父母頭一回替新生兒剪指甲時，倘若站在法國薔薇叢下，這孩子一生都將是正人君子。此說當然沒有科學根據，箇中卻蘊藏著親子感情，並隱然顯示普羅旺斯的價值觀——人之可貴在於「正直善良」，而非「功成名就」。由是，我緬懷起我已不在人世的父母，他們不大像「望子成龍」的傳統華人家長，觀念倒比較近似於普羅旺斯人。

在我兒時，台灣還盛行「棒頭出孝子」的說法，我家孩子卻從未遭到父母體罰。當我們調皮搗蛋幹壞事時，爸媽也會氣到斥責，但絕不至於辱罵。我爸爸生性樂天而不拘小節，我媽媽外向卻敏感多情，他們愛吃、愛玩、愛閱讀、愛看電影也樂於分享，從而給子女培養了多元的興趣。更重要的是，他們接受兒女有不同的特質，從不拿兒女與別的孩子相比較，並不要求我們非得比別人強不可。說句肉麻話，我從小就在「愛」中成長，這使得我有充足的安全感。我始終確信，就算我沒能「考第一名」，無法「出人頭地」，爸媽還是會愛我，他們只希望我能夠快樂成長，做個有自信但善良的人。

眼下，已然中年的我回顧過往人生，更加體會到能有如此開明的父母誠然是上天的恩寵。父母生我、養我，我是他們的孩子，卻不被他們「擁有」，他們尊重我是獨立的個體，支持我不受陳規的禁錮。雖然我從不是模範兒童或傑出青年，唸書時作過弊，進入社會後不時偷懶打混，偶爾犯點錯，但是我未曾忘記父母的期望，始終努力當個講「公道」、持「厚道」的人。

我想念逝去的親人，雖然我不知道他們如今在哪裡，卻感覺得到他們的愛從未消逝，一直在護佑著我，給我力量。

有姊如此，何其有幸

告別式過後那天，我夢到自己沿著護理大學校園的圍牆，獨自走在人行道上。濃蔭如華蓋，覆蓋了一半的馬路，也遮蔽了太陽或月光，令我一時分不清那會兒究竟是清晨還是傍晚。

這條路，我是熟悉的。

曾經有一個月，不知有多少次，我從家裡出發，穿過一家醫院的庭園和停車場，走上這條小街，前往另一家醫院，搭電梯上七樓，陪伴我病重的姊姊。

夢中的我一如以往，拎著一袋洗好烘乾的衣物和毛巾，頂著初春料峭的寒風，腳步匆促，只顧著往前疾行。可是這一回，我走呀走的，怎麼也走不完這短短的街道。十幾米外的路底，交通號誌由紅變綠，又從綠轉紅，如是好幾回合，我眼睜睜地瞧著，然而咫尺天涯，就是到不了。

這時，某個聲音浮現，我猜想它或許來自我不知哪一層面的意識。那聲音在提醒我，「這是夢，妳不必再去醫院看良露，她走了。」

我倏然醒來，轉頭一瞧，微明的曙光已自窗簾的縫隙鑽進屋裡，公園裡傳來鳥兒吱啾的聲音，新的一天又開始了，歲月似仍靜好，地球持續在轉動，而我的姊姊不在了。就在這瞬間，淚如泉湧，我不想驚醒枕邊人，只能無聲地任淚水奔流。淚眼朦朧中，往事歷歷在目。

我彷彿看見還是小學生的我，走進良露的房間，從架上挑了一本書，捧回媽媽的房間，舒服地躺臥在大籐床上，津津有味地讀起來。我選中的可能是《台北人》、《莎喲娜拉．再見》或《流言》，也或許是一本讓我讀得似懂非懂的「新潮文庫」譯書。良露從小就大方，房間從不上鎖，鼓勵我隨時去拿書，或挑一張唱片來聽，我很喜歡楊弦的《中國現代民歌集》，尤其是裡頭的〈迴旋曲〉，可以一遍又一遍地播放，總也聽不厭。

我還看到留著西瓜皮髮型的我，在良露大一或大二，而我不是國三就是高一的暑假，醜小鴨追隨著美天鵝似地，跟著姊姊從台北出發，自北至南，由西往東，做了一趟「環島旅行」。

姊妹倆頭一晚到了雲林的崙背鄉，借宿於跟良露一樣也愛寫詩的友人家。記得第二天一大早姊姊帶著我，摸去公園口的小攤，去吃據說是當地頂美味的油蔥粿當早餐，那是我頭一回嘗到這道鄉土小吃，香極了。我也沒忘記在台南沙卡里巴的日本料理攤，良露豪氣地叫了一桌菜，沙西米、醋物、烤物、炸物，一樣不缺，當然也有偏甜的台式味噌湯，兩人吃個精光。現在想起來，當時的文藝美少女良露，早已展現日後成為美食家的魄力和實力。

從台東到花蓮的舊式窄軌火車上，良露領著我，坐在敞開的車門邊，迎著風，大聲地唱著根據楊牧詩作改編譜寫而成的〈帶你回花蓮〉。直到現在，我只要到花蓮，剛下火車，一眼看到青翠的山脈，便會不由自主地哼起那旋律。

還有我升高一的夏天，良露在西門町的「台映」試片室辦她的一人小影展，我是每一場的當然觀眾，

看到了柏格曼、狄西嘉、維斯康堤等歐洲名導執導的「藝術電影」，以及好萊塢大導演魯卡斯初登影壇的小品喜劇《美國風情畫》。

我習慣坐在第一排，有一天電影尚未開場，有個大男生走到銀幕前，轉身朝著我，笑笑地說，「妳就是韓良露常掛在嘴裡的妹妹吧，我特地來看看 how smart you are，瞧妳有多麼聰明。」

我後來才得知，良露一天到晚對她的朋友「推銷」她的妹妹有多麼「早慧」，好比九歲看瓊瑤小說，十歲讀張愛玲散文，十三歲看了費里尼的《羅馬》後，甚至大發電影夢，變成恐怕是台北年紀最小的影癡。良露對我這個性子急、脾氣壞的妹妹，循循善誘，悉心教導，一直寄以厚望，可惜我到頭來或許還是令她失望了。

我更忘不了在我人生頭一回遭遇到真正重大的挫折時，也是姊姊給了我力量，讓我重新站起來。大學畢業後，我順利找到工作，擔任某週刊的娛樂記者，可是三個月的試用期未滿，就因為不適應採訪路線又得罪上司，被宣告不適任而遭到解雇。我從小得父母疼愛，心思難免單純，雖然不算十分用功，學業仍一路平順，一出社會卻重重地跌了一跤，一時承受不了打擊，明明是二十一歲的成年人，卻像個小女娃一般，一走出辦公室，就哭哭啼啼地打公共電話給良露求救。

姊姊彼時尚不滿二十六歲，卻已扛起家中經濟重擔，住在租來的小套房中，鎮日寫稿，靠著當電視編劇的豐厚稿酬替父母還債。那一晚，她接了電話，趕緊放下筆，接我到她的租屋，遞給我一盒面紙，勸慰我說，「沒關係，那本就不是多麼適合妳的差事，我會幫妳找到妳真正的路。」

那一刻，我深深地得到了安慰。

再一次痛哭著打電話給良露，是八年以後，交往多年的男友突然說他愛上別人。這一回，姊姊接我到她新買的小公寓，看著我嚎啕大哭，卻只是嘆氣。她本來就不看好我的這段戀情，但一直抱著祝福的心，希望她的妹妹不要受到傷害。

還記得那天在靈堂，認識我們姊妹倆多年的老友說，他總覺得良露對我，與其說是長姊，更像是長兄，而且是會拍著胸脯對妹妹說「放心，有我在，天塌下來了也有我頂著」的那種哥哥。

這位老友說得沒錯。我常以為，我的父母有如大自然，賜我生命的基土，並灑下陽光和雨水，讓我得以萌芽成長。姊姊則像是巧手的園丁，不但給我生命的養分，更會不時出手修枝、剪葉，好讓這棵小樹長出豐美的花朵和果實。我何其有幸，能同時擁有給我自由的雙親，與悉心看顧、引領我的姊姊。

而今，從前種種，不管是甜美的，苦澀的，歡愉的，傷痛的，一切俱往矣。良露走後，夢醒時分，想起她說過的話：人生無常，惟願珍惜日常。

那一年夏天的普羅旺斯

因為姊姊的遺著《小飲·良露》，想起那一年夏天，姊妹倆曾一同悠遊普羅旺斯。那會兒我還旅居荷蘭，和良露約好在巴黎會合，連同各自的丈夫，一行四人搭著高速列車南下。彼時我已熱中於居遊，更出了居遊書，姊姊則尚未嘗試，經我大力推薦，她決定也嘗嘗短期居遊的滋味。

我事先上網訂好住處，那是一幢歷史逾百年的石砌樓房，坐落於一個名不見經傳的小村。村子在亞維儂和阿爾這兩個城市的半路上，依山而建，山頂有中世紀城堡的廢墟，古堡主體已傾頹，徒留斷瓦殘垣和大半也已崩坍的城牆，租居就坐落在這古堡腳底下。

小村並不是觀光勝地，居遊期間雖是暑假旺季，村中卻無觀光區常有的喧鬧。不論是一早前往麵包店的石板路上，還是晚餐前到村中唯一的咖啡館坐坐，迎面而來或身旁坐著的，絕大多數是村中居民，我們這三黃一白四副陌生臉孔的組合置身其間，特別顯眼。幸好，這裡畢竟是旅遊業發達的普羅旺斯，村民對遊客並不大驚小怪，和我們四目交接時，皆點頭微笑，讓我們這四個外來者沒有格格不入之感。

我和約柏是頭一回造訪普羅旺斯，良露和姊夫全斌則是舊地重遊，因此每天的行程泰半由我們作主，他們不大表示意見。其實，哪有什麼行程，不過就駕著租來的車子四處晃悠，每天定個大目標當作那一天的目的地，好決定大致的方向。

比方說，今天一路朝南，駛往卡馬格自然公園；明天向東，前往艾克斯；後天呢，往西走吧，看能不能開到尼姆斯。我們就這樣，走到哪兒算哪兒，沒有抵達原本說好的目的地亦無妨，然而途中一定要找個看來順眼的好地方，好好吃喝一頓。

每逢此時，就很慶幸同行者皆為嘴巴有點刁卻不挑食的人。這話乍聽矛盾，卻是實情，怎麼說呢？我們都愛吃，肯喝，對飲食有一定的要求，雖不刻意追求米其林星星，倘若機緣湊巧，亦樂於一試摘星滋味。不過說到底，我們往往更喜愛坐在街邊小館，實惠又美味地吃一頓飯。

而普羅旺斯真是美酒佳餚之地，我們不必太費力也用不著花大錢，便可悠然地品美酒、嘗美食。白天，日頭炎炎，我們在古老的城垛陰影下、樹蔭底，喝冰鎮得恰到好處、優質但平價的粉紅酒或白酒。夜裡起風了，天微涼，那就開一瓶當天才在教皇新堡酒莊精心挑選的稍高價紅酒，搭配用迷迭香燒烤的牛肋排吧。

我們在普羅旺斯的那幾天，日子大抵就是這樣過，不一定要看到什麼，也不求非得買到什麼或做到什麼不可，總之一切隨興，放輕鬆就好。那段期間，我和良露不但是姊妹，也是天天同桌喝酒吃飯、談天說地的好旅伴。

可惜那一回我沒有向姊姊請教更多有關葡萄酒的歷史和文化，所幸她在世時不但樂於享受小飲之趣、微醺之樂，也勤於將不少相關的知識、掌故和她對人文風土的觀察與思考，寫成文字，留予人間。幸運如我，曾有緣與她一同走在普羅旺斯的酒途上，如今閱其著作，想起那一段好時光，發覺她其實從未走遠，那好奇張望的身影和認真思索的神情，仍留在字裡行間，還有我的心底。

遠方小酒館

那年春天，她在廚房裡找到力量。

在那之前不久，她與交往多年的男友因第三者的介入而分手，黯然神傷地搬進市中心的小公寓。新家不很大，卻有個設備齊全的廚房，甚至有大烤箱，但她無心下廚，平日頂多燒燒開水或下碗麵。

白天，她準時上班，保持一定的工作效率，臉上照常掛著微笑，偶有一兩位心思最敏感的人，看得出那笑容似乎有些牽強，關心地探詢，但她總以淡淡一句「工作忙，有點累」搪塞過去。因此除了一兩位好友以外，沒有人知道她的心受傷了。

然而一到夜晚，硬撐一天的武裝盔甲就自動瓦解，因情感遭到背叛而引發的失意、自怨自艾和自憐等種種情緒，在夜色的掩護下一湧而出。她往往頭一沾枕，眼淚就撲簌簌流下，止也止不住。她仍然不敢相信，沒多久以前尚且海誓山盟的情人，竟然在毫無預警的情況下，宣稱對她已無愛意，轉而投入另一個軟玉溫香的懷抱。淚眼朦朧中，她感到自己一無是處，整個人從裡到外都被否定，再也無法相信愛情和人性，而這世間根本沒有任何確定的事物。

冬天剛過的夜裡，她照例哭累了自動睡去，凌晨時卻被後巷的汽車防盜警鈴吵醒，再也睡不著，躺在床上輾轉反側。她警覺到自己再胡思亂想下去，悲傷的情緒又要氾濫，又是一頓好哭，可明早尚需工作，不好腫著兩個眼泡見人。

她索性起床，打算泡杯熱茶，吃片餅乾，這樣或有助入眠。偏偏拆開包裝後忘了吃的餅乾已潮得沒法入口，搜索廚櫃，裡頭有鹽、糖、麵粉與花生醬，角落裡居然還有一包沒打開的泡打粉，想是租房子給她的朋友留下來的。她忽然想起從前看過花生餅乾食譜，依稀記得是用花生醬加奶油做成的，而冰箱裡還有一整條奶油，反正一絲睡意也沒有了，就來烤餅乾吧。

她抽出西點烹飪書，按照食譜，把麵粉、泡打粉和鹽加進大碗中，這是基本的乾料。她取出另一口大碗，在碗中混合奶油、花生醬和糖，用打蛋器將之打到鬆發，再打個雞蛋進去，繼續打勻，濕料做好了。她照本宣科，循規蹈矩，完成了每一個步驟。當她將一大盤生麵團送進預熱過的烤箱時，天邊已泛起魚肚白。

一縷縷馥郁的甜香嫋嫋流出烤箱，瀰漫整個廚房，又隨著半開的窗戶，飄向破曉的天空。這股香氣彷彿蘊藏著療癒的力量，如此甜美，勾起了快樂的回憶，讓她想起童年時期，爸媽偶爾會動手烘焙各式糕點，這時她總愛端把小凳子坐在廚房口，貪婪地嗅聞一陣陣焦甜的香味，其中藏著父母的愛心，讓她感到好溫暖又好安全，有一種無法言傳的幸福感。

計時器叮咚一響，餅乾烤好了，她打開烤箱門，濃香撲面，原本扁平褐色的麵團，早已膨脹焦黃。她手不夠巧，餅乾大小不一，有的不很渾圓，邊緣還崩裂了一小角，然而換個角度來看，這不正是家常手工餅的特色？外觀雖不完美，卻是真材實料，美味也不打折扣。她看著自己烤出來的這外表樸實的餅乾，若有所悟。

在乍現的曙色中，她就著剛泡好的洋甘菊茶，小口小口地啃著放涼後變得香脆的餅乾，暌違已久的喜悅倏地湧現。她猛然覺察，自己根本是作繭自縛，而奇妙的是，就在這一刻，她總算破繭而出，對自己的生活有了新的感觸，對人生也產生新的勇氣，而這一切得來並不難，她不過就烤了餅乾而已。

烤餅時，她全神貫注，彷彿天地之間再也沒有其他更重要的任務，就在這專注的過程中，蒙塵的心靈逐漸擺脫自溺與自憐的枷鎖。她明白了，下廚這事不僅僅能滿足口腹之欲，還能癒合一顆曾經破碎的心，將它還給它的主人。那顆心雖殘留著傷疤，卻還是能規律又有元氣地跳動。

她從而也發覺，人生起碼有件事物是可以確定的：只要按部就班，一步步來，頭一回嘗試烘焙的人也能烤出滋味十足的餅乾。這就像一條魚肯定是條魚，一顆白菜肯定是顆白菜，這些都是不會改變的事實，至於可口於否，與魚和白菜無關，而是烹者的責任。烹者自應善待之，用心烹之煮之，這樣才不至於辜負了這條魚和這顆白菜，也才能享受美味並與人分享。

於是，從那天起，她每天一下班就鑽進廚房，為自己做一頓像樣的晚餐，假日更是大費周章地實驗各種新菜色，邀親朋好友來小公寓嘗嘗看。也許是熟能生巧，也可能是她真有一點烹飪天分，久而久之，善於庖丁之名便著稱於親友間。

又隔了好些年，她去到遠方，開了一間小小的酒館，在那裡，她用精心烹製的飯菜餵飽飢餓的肚腸，也透過食物撫慰失意的心靈。在這遠方的小酒館中，發生了一些故事，有的令人落淚，有的讓人莞爾一笑，且讓我一一講給你聽。

3
寒露

秋果好滋味

秋天，始於糖炒栗子的香氣。

彼時，我還是小學生，週末經常隨著家人從北投山腰上的家，進城看電影或上館子，更可能兩樣都有。有一天，我們經過西門町的街角，嗅到一股馥郁的甜香。騎樓前有輛雙輪推車，攤販拿著大鏟子，正在大鑊中翻炒著黑得發亮的砂粒和一顆顆褐色的果實。爸爸說：「栗子上市了，秋天了。」不知怎的，這兩句不經意的話，我竟銘記在心，從此，栗子和秋天畫上了等號。

爸爸買了一包，媽媽當場剝了幾顆，遞給孩子，「一人先吃一顆解解饞就好，吃太多的話，當心吃不下飯。」

炒熟的栗子捂在麻布袋中保溫，溫熱但不燙嘴，吃來比冷栗子甜且香，質地也較鬆綿，太好吃了，我巴不得不上館子，就把糖炒栗子當飯吃。然而這種事哪有小孩作主的份，我只能像許多的孩子那樣暗暗立誓，等我長大了，賺錢了，就要一口氣買上一兩斤，想吃多少便吃多少。

大學畢業後頭一年，我的工作機會斷斷續續，做過寫不了明星花邊新聞的娛樂記者，在家教班教兒童美語兼翻譯錄影帶，還曾經到某家影視製作公司，擔任根本不稱職的秘書。我直到考進報社當新聞編譯，才總算有了穩定的收入，手頭也相對寬裕起來。那一年秋天，糖炒栗子上市時，我想起兒時的心願，就豪氣地買了一斤，鼓鼓的一大袋，總有五、六十顆吧。

回到和大學同學合租的小公寓，按媽媽教我的方法，先用拇指使勁按栗子一頭較尖的地方，待殼裂開，再仔細剝掉外殼。我一顆接一顆地剝，剝一顆就吃一顆，一口氣吃了大半袋，沒有一斤也有半斤多。當晚除了栗子和一大碗蘿蔔湯外，其他的什麼也沒吃，就這樣達成把糖炒栗子當飯吃的「誓言」。

隔了沒多久，胃開始不舒服，上腹部先是悶痛，跟著是一陣陣教人難耐的抽痛。我捧著肚子，由室友攙扶著去附近的診所，護士看我一臉痛苦的表情，嘴裡不時呻吟，好心讓我插隊先看診。中年醫師用聽診器聽聽我的肚子，問我晚餐吃了什麼，我老實作答。

「脹氣引起急性腸胃炎，」醫師說，一邊開起藥方，「栗子和蘿蔔都是脹氣食物，一下子不可以吃太多。」醫師抬起頭，似笑非笑地看了我一眼，眼神彷彿在說「這位小姐也太貪吃了」。

儘管暴食糖炒栗子導致腸胃炎的痛苦忘不了，可別以為這一場小小的病災會讓我從此對栗子敬謝不敏，每年秋季，我照樣食栗，只是比較小心，節制地將栗子當成食材，而非一餐的主食。我或學日本人，將白米混合鮮栗加上昆布高湯，煮一鍋栗子炊飯；或者在燉紅燒豬肉或雞肉時，扔幾顆栗子下鍋，讓燉肉的湯汁既鹹香又甘甜。

秋天更深時，則常用旅居荷蘭時學來的做法，用孢子甘藍炒栗子。歐洲人做此菜常放培根或五花鹹肉，我有時以醃了醬油和太白粉的小里肌肉片取代，將這道歐式聖誕節菜餚變成帶一點洋味的台菜。

是一鍋栗子炊飯也好，還是一盤栗子孢子甘藍炒肉片也好，我將大地和季節共同孕育的這果實化為盤中好滋味，感覺得自己的身心因之接到地氣、獲得能量——當然，分量適可而止，我可不想再捧著肚子上醫院。

以家之味頌讚生之可貴

姊姊六十歲冥誕前的週末，姊夫舉辦一場家宴，主題是「朱家味和韓家味」。我們一同品嘗良露生前喜愛的滋味，一起追憶故人。

當天，全斌姊夫一早便率領擅長廚藝的外甥和門生，一同準備食材，烹製「粉豆腐」。那是朱家的獨門好菜，工序繁複，通常只有逢年過節才會端上桌。我則負責複製韓家的兩道年菜——滷牛腱和藕餅。

我在聚會之前兩天便著手滷牛腱。這菜並不難做，只是較費時，幸好我從小旁觀大人在廚房裡忙活，早已看出心得，加上自己每年總會滷上兩三回，還算熟能生巧。按照韓家的做法，牛腱得分兩天滷。頭一天晚上，先用冷水開始煮牛腱，煮出雜質後，撈出牛腱用清水沖淨，這才能加進滷汁鍋中，用小火嘟嘟地滷兩小時左右便熄火，不理它，讓牛肉就這樣在鍋裡泡上一夜，等到第二天早上再開火，繼續滷個把小時便軟爛入味。

那麼，滷汁怎麼做呢？也容易，蔥薑蒜炒香了加高湯、冰糖、黑豆醬油（或老抽）和白醬油，還有個訣竅就是，須加紹興酒或黃酒。這兩種酒耐煮，且有一股獨特的幽香，我常戲稱為「外省味」，而滷牛腱正是需要這股香氣的「外省菜」。

至於不可或缺的滷包，有人會去中藥舖抓藥材自己調，我家沒那麼講究，市售的現成滷包只要來源可靠也就可以了。這一回我用一包十三香滷了兩顆牛腱，夠軟夠爛也夠香，算成功地做出韓家的味道。

至於藕餅，則是挑戰，因為我從未親手做過這道父親的家鄉菜。藕餅亦稱藕夾，基本做法兩句話可以交代：兩片蓮藕夾上肉餡，蘸麵糊下鍋油炸。然而「魔鬼存在於細節中」，首先就是蓮藕片的切法，不但需要切得薄，而且第一刀不能切斷，第二刀才切斷，讓它形成「夾子」，方便夾餡。其次，細絞肉餡必須摻蔥薑水而非蔥薑末，蝦米也需剁得很碎，口感才細緻。由於藕餅是頭一回摸索著做，成果僅僅差強人意，席間卻無人嫌棄。那是因為，比起口腹之欲，我們更在意人間的情味。

故人芳蹤已杳，我們收拾起哀傷，拭去悼亡的淚水，在餐桌旁頌讚生之可貴，並由衷慶祝摯愛的人曾經來到世間，和我們合唱一首生命之歌。

良露，我保證，下一回的藕餅，會更合妳的口味。

逛市場的幸福

當初帶著洋夫婿從荷蘭搬回家鄉，為了找新家，尋尋覓覓，經過一番波折，最後落腳於天母，箇中原因有很大的成分是，新居距離士東市場不過數百公尺。

旅居歐洲十餘年間，我去過不少地方，行跡所至之處，不論是大城小村，腳步總不由自主地往傳統市集邁去。市集不但像一扇窗子，讓我這個旅人得以窺得異鄉日常生活的樣貌，更往往異地是最有「溫度」的地方。在這裡，沒有名牌精品店員勢利的眼光，除了少數跟我一樣好奇又好吃的旅人外，就只有勤快幹活的商販和挽著菜籃採買的煮夫煮婦，簡單講，絕大部分都是跟我一樣、努力過好每一天的「普通人」。

因此，即便去到陌生的國度，市集也令我感覺自己因接到「地氣」而格外安心。如果那市場食材特別豐富、環境格外舒適，而商販很有人情味，我遊走於攤位之間就不只覺得安心而已，甚至會感到幸福。士東市場，就

是這樣一個給我幸福感的菜市場。

論起規模，士東市場在台北的傳統市集中並不算最大，然而談到貨色的多樣性和品質，應是數一數二。這當然跟天母既有美國學校也有日僑學校，居民因而多「外國人」有關。於是在這裡，除了本土常見的農產，還找得到只有高檔超市和精品店才有的進口食材。

好比說，難得下廚請客，想做西菜，煎塊牛排佐紅酒是嗎？這裡有賣上等美國牛或澳洲和牛的攤商。好幾個豬肉攤中，有一攤看來特別不像「菜市仔賣肉的」，所有的肉放在玻璃冷藏櫃中，乾乾淨淨。我偶爾想吃西式豬排，就請穿著打扮乾乾淨淨、亦不像「典型肉販」的老闆或老闆娘，替我把里肌肉切成厚厚一片，抹橄欖油和迷迭香醃個半天，加點鹽和胡椒煎一下就多汁而美味。

菜攤亦然，本地人常吃的蔬菜自然少不得，做西餐或日本料理才用得到的農產也都買得到。我最常光顧的有兩攤：一攤在市場的角落，叫「小林蔬菜」，適合烹飪中式菜餚的食材特別齊全，你想要什麼，請自己挑自己拿，放在塑膠臉盆中，交給攤後笑容可掬又健談的大、小老闆和老闆娘，請他們替你算帳。他們呢，看你是老顧客，不但送你蔥、薑、辣椒，逢到九層塔盛產時，還會多送你一包，因為小老闆正要把一袋菜遞給你時，忽然想起來，這位太太愛吃這一味。

另一家坐落於市場靠中段，有個好聽的名字，叫「食穗」，在市場以販賣非基改黃豆製品起家，如今經營好幾攤，分別銷售豆製品、有機或小農蔬菜、蕈菇、精品食材和熟食。想做西菜，認定他家就對了，其菜攤上有各種西餐常用的蔬菜，單是沙拉用的萵苣生菜就有不同色的好幾種；高檔超市才有的百里香、迷迭香、芝麻菜等芳香藥草則置於冷藏櫃中，可以零買，價錢呢，超市的一半。

說起來，這一攤應是這幾年來讓士東市場更具多元文化色彩的功臣，其老闆和老闆娘談吐不俗，打扮時尚，後來才知道，兩位原本從事設計行業，陰錯陽差地來到市場賣起菜來。設計師的背景讓他倆特別注重攤位的門面，不但在攤位頂上加裝柔和的燈光，各種菜蔬也絕不亂糟糟地一堆了事，而是分門別類，盛裝在歐式鄉村風味的木箱或籐籃中。這林林總總的改進措施，都增添了攤上農產的質感，也帶動起一股小風潮，讓其他好幾個攤位「見賢思齊」，紛紛美化起自家的外觀，士東市場遂也變得越來越好看、好逛。

有人開玩笑說，士東市場是台北的「貴婦菜市仔」，意思是說這裡賣的東西貴，非小市民負擔得起。按我的理解，這雖不全是妄語，但難免失之誇大。這市場的平均價位或比一般街市高出一些，但至少我自己在買菜時會比較謹慎，不會因為貪那好比說「三把菜五十元」的便宜而一次買太多，也就不至於由於菜實在吃不完而爛掉，反倒造成浪費。

況且，士東市場的環境格外明亮清爽，毫無傳統市場的臭味和滿地污水，讓我買菜時無需掩鼻，也用不著時時提防腳下，而能夠輕鬆地東看西瞧，貨比三家。碰到比較清閒的日子，我買完菜還會到市場裡的咖啡吧，倚在櫃檯邊，一面啜飲濃郁的咖啡，一面觀覽眼前那一幕幕日常生活的風景，或爬上市場二樓，吃碗米粉湯或切仔麵配黑白切。每逢此時就更加覺得，自己終究是幸運又幸福的人。

桂月食桂圓

初秋午後，車過東原里，每隔一陣子就瞥見坡地路旁佇立著半露天工寮，鐵皮屋頂下有架高的平台，像是炕，多半為磚砌，前方堆著枯枝，還有一截截乾燥的樹幹。

「山村氣候較平地涼爽，大概是村人用於冬季取暖的薪柴吧。」我漫不經心地想著。過了一會兒，忽然福至心靈，那些枯枝和樹幹哪是留著過冬的柴火啊，我此刻可是在東山鄉間，方才所見並非取暖的薪柴，一座座似炕如灶的高台應是將龍眼烘成桂圓乾的烘窯。一問之下，果然就是，我還真是「都市鄉巴佬」，虧得我自稱「龍眼控」。

新鮮龍眼也好，桂圓乾也好，我照單全收，一見就嘴饞，這一回隨同朋友到台南的西拉雅風景區小旅行，主要亦是衝著此地有個東山區，東山農家利用傳統土窯烘製成的桂圓乾是我

的心頭好。眼下正是龍眼當令的夏末秋初，我選在此時深入產地，就是想看看有無機會探訪烘窯，見識傳統工法。這會兒目的物就在眼前，我卻視而不見，真該慚愧！

我愛極了以柴火慢慢烘乾的桂圓肉。你只消取一顆桂圓，剝殼，連核送至嘴邊，嗅一嗅那一股馥郁的甜香，便會明白箇中緣故。不信，請輕輕咬下果肉，細細咀嚼，那甜味霎時彌漫在口中，微帶著煙燻香，這股幾乎能以「纏綿」形容的香氣，用工業電爐烤乾的桂圓可沒有。

充當地陪的朋友聽我說起窯烘桂圓的陶醉模樣，決心完成我的心願，當車子又經過一座窯灶時，他當機立斷，在僻靜鄉道邊上停下車，「走，帶你們去看烘桂圓是怎麼回事。」

「你認識這戶農家嗎？會不會打擾到人家？」

「別擔心，鄉下地方人情味特別濃，不會介意我們來看個兩眼。」

農家的歐巴桑正在給灶添柴枝，聽說這一行人的來意，不但不介意，更熱心地帶我們參觀烘窯，解說起烘焙桂圓乾的過程。

「龍眼要一把把堆在窯上的灶籠裡，堆到這麼高。」那烘籠總有一呎深，她站在灶頂，比了比自己的腳踝。歐巴桑應我之請，說明烘製過程：龍眼都堆好後，灶窯就得升火，烘上一天後熄火，接著用手工脫粒（將果粒摘下），放回烘籠，再升火，接下來期間，三不五時就得翻一下果粒，火候才會均勻。就這樣以中火烘兩天，改小火再烘兩天，一共五天，桂圓乾就烘好了。

「現在這一批，是第二天，剛脫粒，肉還有點濕，」歐巴桑說著，撈了一把給我們，「吃吃看，免客氣。」我就也不推辭，剝開了殼。只見那龍眼的肉已略微脫水，失去透明感，變成濁白，它還需要三天七十二小時以上，才能轉化為褐黑燻香的桂圓。

慢火烘成的桂圓乾，原來如此費工耗時。我聽完歐巴桑這一番解說，告別時，握著她粗糙的手，領悟到一件事。傳統柴烘桂圓乾的那一股燻香味，不僅僅是密集勞動的成果，能夠展現勞動之美，它更可稱之為文明的滋味，因為人類的文明不正是從咱老祖宗懂得用火、控制火的那一刻開始的。從這個角度來看，注重火候的窯烘桂圓，恰恰體現文明與工藝之美。

農曆桂月就要過去，天氣越來越乾燥，回到台北後，我給自己燉了一鍋潤肺養生的銀耳，待銀耳夠爛後，揪了一撮來自東山的窯烘桂圓乾下鍋同煮。且讓我用一盅飄著秋意、結合勞動與工藝之美的桂圓銀耳，告別桂月，迎接秋高氣爽好時節。

既雅又野的金澤「治部煮」

秋色未濃時，來到日本北陸的金澤市。饞嘴如我，除了賞景訪古，旅程的重點當然還有「加賀料理」。瀕臨日本海的金澤，在江戶時代是日本第四大城，也是富霸一方的加賀藩主平時居住的城市，日語謂之「居城」。繁榮的經濟、面海背山又緊鄰平原的地理位置，加上豐厚的傳統底蘊，給金澤孕育出融合京都與江戶風格、結合山珍海味的加賀料理。

在加賀料理的名菜中，最讓我好奇的是「治部煮」。它是金澤的代表性美食，出了日本，聽過或吃過的人卻不算多。治部煮之名的由來，眾說紛紜，有說菜名是在擬仿烹煮菜餚時發出的滋噗滋噗聲，亦有說此餚乃豐臣秀吉的部下岡部治部右衛門自朝鮮引進而得名。另有一說以為，治部為法文詞彙gibier（意即野味）的轉音，因為江戶時代治部煮的主材料正是野鴨。我在作家村松友視的著作中還讀到，昔日上層階級的武士家為顯現其尊貴地位，甚至以鶴做為食材。

眼下在金澤當然吃不到鶴肉治部煮，餐廳中供應的亦非現已少見的野鴨，而以家鴨為主。其大致做法為將鴨肉切片，蘸上麵粉（或太白粉），連同金澤特產的簾麩（形如捲簾的麵筋）、小芋頭、青色蔬菜和香菇等，放入用醬油、味醂和酒調味的高湯中煮，最後加一抹山葵便成。因麵粉和太白粉皆有勾芡作用，這道菜遂不同於一般用清湯煮的「椀物」，湯汁較濁，觀之略似勾了薄芡的味噌湯。

道地的治部煮講究以黑色的「治部碗」盛裝，那是種略大且扁的漆碗。盛進碗中的治部煮，以黑為底，盛著黃褐色調深淺不一的湯和料，頂端那一撮墨綠色蔬菜和淡綠的山葵，則讓菜的品相鮮活了起來。先吃上兩口菜，鴨肉滑嫩，吸足了湯汁的簾麩軟中帶Q；再喝一口看似濃稠的湯，質地並不像西式濃湯那般濃滯，融入湯中的山葵微辛不嗆，湯中尚有某種熟悉的滋味，來自於清雅的出汁（昆布柴魚高湯）。

小小的一碗治部煮，顯露出加賀料理既雅致又帶點野趣的特色，呼應著江戶時代習武能文的武家文化，讓我這異鄉人得以體會金澤的傳統，更嘗到北陸的海洋與大地之味。

亞熱帶的蒙古烤肉

朋友有喬遷之喜，大夥攜家帶眷，到他的新家「轟趴」。室內三十坪的公寓擠了十幾個人，熱鬧極了。高中生窩在書房打電遊，小學生戴著耳機看動畫片。客廳兼飯廳裡，年齡四、五十的中年人，大擺龍門陣。

大人、小孩各有各的樂子，就這樣從下午三、四點多坐到傍晚，該用餐了。大夥早就說好到外頭吃，可吃什麼呢？主人建議：「不如去我家附近吃蒙古烤肉？」此議一出，迅速達成共識，我更是第一個喊讚——記不清楚有多少年沒吃蒙古烤肉了，他這一提，我饞勁大發。

蒙古烤肉其實與蒙古毫不相干，是台灣才有的食物。作家焦桐寫過一文，說到蒙古烤肉原是出身北京的相聲演員吳兆南，在上世紀五〇年代初期所創。當時吳兆南和友人在台北螢橋（即中正橋）旁，合夥開了家「烤肉香」，賣改良自北京風味的烤肉，本想立號「北京烤肉」，然而政治敏感時期取名北京，那不有「通匪」之嫌嗎？這麼著，叫蒙古烤肉得了，「離北京越遠越安全」。於是，台灣從此有了在蒙古找不著的蒙古烤肉。

七〇年代，當我還是孩子時，每逢週末假日，父母就會帶我們姊弟上館子，常吃江浙菜或西餐，爸爸偶爾想換換口味，就去現已歇業的中泰賓館吃蒙古烤肉，爸爸說那兒環境好一點，吃起來比較舒服，再說還有烤涮兩吃呢。「烤」就是蒙古烤肉，「涮」指的是火鍋，爸爸愛吃涮羊肉，我則始終偏好蒙古烤肉，倒不是因為它是多麼了不得的美食，討我歡心的，其實是用餐的流程。

吃蒙古烤肉，可沒有點好菜就等人端上桌這一回事。你得捧著空碗，先去肉案邊，從牛、羊、豬、雞乃至鹿等肉品中，選擇一種，放個四、五片進碗中，這是主料。接著下來，轉往琳琅滿目的蔬菜檯，隨意挑幾樣，堆在肉片上，此為副料。然後，該選調味料了。醬油、麻油、薑水、蒜泥和檸檬水等，各加半匙到兩匙。這個時候，可以端著這會兒食材已堆得高高的碗，移往烤台，交給廚師。

師傅接過碗，將碗中的肉呀菜的，一口氣往他跟前的大鐵鍟一倒。滋的一聲，白煙竄起，他手持超長的筷子，將生料攤平，撥弄兩下，隨手又淋一點水，再翻個兩下，另一手取來乾淨的碗，用長筷一掃，說是烤可更像是炒熟的肉和菜，便落入碗中。

瞧，對孩子來講，這難道不像扮家家酒一樣好玩嗎？不，比那更好，因為孩子不但可以自己作主決定食材和調味，參與烹飪的過程，更能夠享受那成果，藉由舌尖上的滋味，初步學會食材的比例與搭配道理，拿捏出調味的準則，這可是拿野花、泥土扮家家酒所比不上的。是以，蒙古烤肉既是我的兒時滋味，還給當年的我上了一堂美食的「實演課」。

話說回到在朋友家聚會後去的蒙古烤肉餐廳，其裝潢大不同於傳統的中式餐館或火鍋店，以黑色為主調，還掛著現代藝術作品，要不是店裡一角架設著大鐵鍟，我會以為這裡是一家標榜複合餐飲的所謂「潮店」。

幸好，裝潢擺設雖新潮，蒙古烤肉仍大致保留著熟悉的老味道。較不同的是，除了任君調配的佐料外，也

可以請師傅代勞，用店家的綜合佐料，做成「和風」或「韓風」蒙古烤肉；火鍋湯頭亦不僅限於傳統的清湯或酸白菜，還有泰式綠咖哩、日式擔擔鍋和蔬菜鍋等數種口味。凡此種種，想來是為了配合飲食口味「哈日」、「哈韓」或「重口味」的年輕消費者的喜好。

而我們也果真依生理和心理年齡分為兩派，小孩和心理年齡依舊青春的，專攻異國風味烤肉和火鍋，大人則多半興致勃勃地自選作料，吃了一碗又一碗洋溢舊時味的蒙古烤肉。我呢，想也知道，當然走老派路線囉。

父親的鄉愁味

常聽人說，在異國求學、就業期間，午夜夢迴想家的時候，最渴望卻不可得的，往往是故鄉路邊攤的一盤蚵仔煎、一碗肉圓或媽媽的炒米粉，凡此種種將鄉愁寄於舌尖和腸胃的時刻，在我旅居荷蘭的那些年裡，亦是尋常。然而，讓我饞到快掉淚了，並不單是所謂的台灣味而已，不時還有從小吃到大的「西餐」，對我而言，那也是家鄉的味道。

比起同一輩台灣鄉親，我算是比較早接觸到西洋食物，原因無他，先父愛吃西餐之故。開始跟著爸爸上西餐廳時，我才五、六歲吧，說不定更小，那時我們最常去台北中山北路二段的「大華飯店」，其次是南京東路的羽球館餐廳，後來大華歇業了，一家人遂轉去小南門的「中心餐廳」。

多半由爸爸作主點菜，前菜不是燴牛舌，就是燻鯧魚，湯常常是牛尾湯或鄉下濃湯（番茄蔬菜湯）。主菜呢，最常吃忌士焗魚或焗蝦，一小盅端上桌，表面是焗烤到焦脆的起士，也就是乳酪，揭開來，一股熱氣氤氳而上，底下為奶油白醬，裡頭埋著無刺的魚肉或明蝦。爸爸偶爾想換個口味，就改點炸豬排，偌大的一片敷上麵包屑炸成金黃，鋪在瓷盤上，真的比我的小臉蛋還大。吃豬排時一定要蘸「梅林辣醬油」，爸爸還會吩咐跑堂，多來點酸酸甜甜的酸黃瓜。

成年後才明白，我從小到大吃得津津有味的所謂西餐，包括爸爸三不五時便親自下廚熬煮的羅宋湯在內，都是源自上海的「海派西餐」，亦稱滬式西餐。我所熟悉的那些菜色，全是摻雜了中國味的法國菜、德國菜、義大利菜、英國菜和俄國菜，從來就不是道地的西方菜。

根據舊式身分證，爸爸的籍貫是江蘇，但是他在一九四九年來台灣以前，因戰亂之故，曾在上海待過一陣子。爸爸出生於富裕的家庭，從小養尊處優，對他這樣生性好奇的小城富家子而言，上海這十里洋場或是世上最摩登的所在，也是他與西洋接軌的開始，而好吃也講究吃的父親，與滬上的西洋事物最直接也最切身的接觸，想來就是海派西餐了。

海派西餐肯定特別合他的胃口，不然，他怎麼會在來到台灣、結婚生子後，還不時帶著他的本省籍妻子和台灣出生的子女，吃遍台北有名的滬式西餐館？好幾年前，我不知在網上還是書中看到一篇文章，說是一九六〇年代末期到七〇年代初，台北大華飯店一客A餐（一湯、一前菜、一主菜外加甜點共四道，附麵包、咖啡或紅茶）的價錢是普通小學教員將近半個月的薪水。倘若此事不假，雖說孩子胃口小，可以點半客，價錢近對半，但是我們一家大小週末去吃頓西餐，終究得花掉當時小學老師一個半月以上的勞務所得，爸爸為了吃西餐，竟如此揮霍！

近二十多年來，越來越多標榜著正宗法國菜、德國菜、義大利菜的餐廳，出現於台北街頭，時代和社會氣氛的變遷，加上父親這一輩的「江浙人」慢慢老去，不中不西的滬式西餐無可避免地凋零了，最終僅存七〇年代中期遷居信義路二段的中心餐廳強撐場面，這碩果僅存的海派西餐廳，在進入二十一世紀後又熬了五、六年，終究擋不住時代的浪潮，熄火歇業。

父親在世最後幾年，我回台灣探親，三番兩次問他想不想去吃西餐，好比義大利菜或法國菜，他總是不置可否，意興闌珊。有一回跟他聊天，談及兒時的大華飯店，他那天談興甚高，順著我的話頭一一數說起當年台北有名的西餐館，除了大華，還有「藍天西餐廳」、「香港西餐廳」、「美而廉」等等，他的結論是，「大華算是最好的，不輸老上海的西菜館。」這話一說完，老人家又沉默了，臉上浮現惘然的神情。

就在那一刻，我彷彿明白了，父親愛吃的根本並不是「西洋菜」。對他而言，帶著中國味的滬式西餐，並不只是口腹之欲，那當中尚蘊藏著對往昔時光和故鄉的脈脈溫情，換句話說，那其實是父親的鄉愁。這樣亦華亦洋的西餐，已然飄散在歷史雲煙中，成為我將永遠懷念的父系滋味。

一個炸醬麵，各自表述

當今說到炸醬麵，大多數人首先想到的或是「老北京炸醬麵」，然而看在我眼裡，真有點想為山東人叫屈。話說這炸醬麵起源於山東，更準確一點講，最早見於北京的魯菜館（山東餐館），因其烹法不難且普通人也吃得起，就「火紅」起來，廣受北京居民喜愛，老北京炸醬麵之名遂不脛而走。然而愛吃炸醬的，何止北京人和山東人，炸醬麵隨著山東人的足跡，「闖關東」去了東北，到了韓國，國共內戰後南下香港，也來到台灣，炸醬麵就這樣傳布開來。

山東的也好，老北京的也好，華北和東北的炸醬麵，都是「炸」出來的，做法為先用油炒五花肉丁或絞肉，待肥肉出油後下蔥薑等辛香料，接著加進用水調稀的醬，不停翻炒，待醬乾肉酥，油醬分開，油是油，醬是醬，這炸醬才算成功。（此做法得自祖籍山東、長於北京的已故作家劉枋。）

至於當成原料的「醬」，各地不盡相同。山東多半用甜麵醬，東北和北京分別用大醬和黃醬，兩者皆為黃豆發酵製成，區別不大。山東人帶至韓國的韓式炸醬，顏色特別深，因為用的是黑豆加小麥製成的「春醬」。大體說來，這幾種炸醬的材料和佐料都只有肉、醬和辛香料。

炸醬麵隨著大江南北不同省籍的人來到台灣，有了較大的變化。以醬而言，黃醬換成了同是黃豆製品的台式豆瓣醬，還加了山東人愛的甜麵醬。後來不知道哪位烹飪老師或哪家餐館帶頭，也不確定是否是基於成本考量，台式炸醬中加了比豬肉便宜的豆乾丁，油亦用的較少，這種有點甜且油醬融合成糊的豆乾肉末醬，就這樣成為台式炸醬的標準。

記得我在拜讀劉枋大作以後，曾興沖沖地照本宣科，做了北京味的炸醬手拉麵給父親嘗嘗。「怎麼沒豆乾丁？」爸爸吃了兩口就說，「不過妳拉的這麵條不錯，有嚼勁。要是炸醬裡頭再擺點豆乾、蝦米、毛豆和筍丁，就更好吃了。」老家在江蘇的老爹，簡直就是把炸醬當成上海的八寶辣醬嘛。

也罷，一個炸醬，各自表述，大家吃得對味就好。

基因不撒謊

阿雯來我家度週末。

頭一天晚上，我中規中矩地炒了米粉，煎了白帶魚，用三合油（醬油、醋和麻油）涼拌了她愛吃的小黃瓜，又燉了排骨蘿蔔湯，統統是阿雯熟悉的口味，她自然吃得津津有味。阿雯是我的二姊，因為出娘胎那一刻缺氧，腦神經受損，智力和兩三歲幼兒差不多，成年人的身體裡永遠保有孩子般純真的心靈。

安撫好手足的腸胃，也需慰勞丈夫的洋胃口以示公平，第二天晚上就做酸包心菜拼德式燻腸和馬鈴薯，還煮了玉米巧達濃湯。約柏看桌上的菜色洋裡洋氣，擔心二姊吃不慣，我請他放心，「她從小愛吃西餐，你等著看好了。」

阿雯果然把她那一份吃個精光。飯後，我端出玉女番茄給她當水果，荷蘭人約柏則吃他的藍紋乳酪。阿雯好奇地問：「約柏吃什麼？」

「那是藍紋乳酪，blue cheese。」

「布嚕企死。」二姊跟著唸，口齒有點不清。

約柏在旁邊插嘴，「妳問阿雯要不要吃吃看？」

「好，來問問看，」我對丈夫說，「不過這個挑戰有點大，華人一般都吃不慣，嫌臭。」

我轉過頭用中文問二姊，「阿雯，妳要不要吃吃看？」

「要！」這一聲可真是中氣十足。

約柏切了一小塊，抹在麵包上，遞給阿雯。乳酪入口，她眉頭皺也沒皺一下，嘴裡不斷咀嚼著，臉上沒有奇怪的表情。

「誒，沒事耶，再切一塊，不要麵包了，就這樣給她吃。」

這一回，約柏切了比較大的一塊，「問她覺不覺得臭？」阿雯照樣面不改色地吃著原味的藍紋乳酪。

「阿雯，blue cheese 臭不臭？」

「不臭。」

「真的不臭？」

「不臭啦，」阿雯答稱，「香！」語氣不怎麼耐煩，儼然有「你是要我說幾遍才懂」的意思。約柏聞言大笑，不必等我翻譯，他已猜出阿雯的答案。

我能說什麼呢？二姊畢竟和我擁有相同的基因，而基因不像某些政客，並不會撒謊。姊妹倆的「饞」，說不定正是咱家基因使然。

炸醬男

沈傑從公司散步回租居公寓的途中，為了躲避一場說來就來的雷陣雨，隨意走進街角的小酒館。這酒館取名「遠方」，卻未刻意營造異國風情，沒有大紅燈籠高高掛的所謂東方風味，亦無牆角立著一盞羊皮燈，燈下擺了赤陶大甕的仿地中海情調。室內整體的裝潢並不張揚，但也非毫無特色，好比說，壁上掛著的黑白照片並非海報店都買得到的名作複製品，像是不知名攝影家的創作，畫面多半是本城的街道和市郊的廢墟，從景物觀之，應該是近幾年才拍的，卻奇異地帶著滄桑的歲月感。

一進門，首先看到占據半個店面的L型木頭吧檯，檯後有兩個汲生啤酒的唧筒，啤酒機旁擺了長方形玻璃櫥櫃，內置五、六盆日日更換的小菜，常有地中海風味的油漬烤甜椒和烤圓茄，偶爾也見東洋風的味噌芝麻四季豆或加了醬油與香醋的法國燻鴨胸肉拌黃瓜絲。總之，說不上來具體屬於何方菜色。

靠窗還有四張木桌，配著老式的襯墊扶手餐椅，一桌可坐兩到四人，大一點那一桌擠上六位也成。然而熟客多半捨這些看上去挺舒服的絨面座椅不坐，偏愛搶占吧檯邊的八張高腳凳，一來便於和在檯後掌櫃的店主聊天，二來利於隨吃隨點菜。客人吃完一樣小菜，要是還有胃口，手朝著食櫥方向一比，講一聲就可以，不必招呼人過來點菜，更不必看菜單。

沈傑後來曉得，吧檯後這位看來與他年紀相仿，似亦為坐三望四之齡的東方女性，正是牆上照片的掌鏡者。她不但會拍照，還燒得一手簡單可口的家常菜，東方口味的固然在行，地中海菜做得也挺好，其人之廚藝不但是小酒館生意興隆的關鍵，芳名更是店名的由來：她跟沈傑一樣，也是華人，姓方名沅，按洋人習慣倒過來念，諧音近似「遠方」。

沈傑在吧檯角落的空位一落座，方沅就端上一杯涼

水，奉上乾爽的餐巾讓來客擦拭髮上的雨絲，並不急著詢問對方要點什麼，先讓人緩口氣再說。如此體貼周到，加上燈光暈黃，爵士樂聲悠揚，隱約還飄著一股食物與咖啡的香氣，林林總總，都教他一坐下就想窩著不走，索性留在這兒晚膳。

一試便成主顧，此後，沈傑每隔一陣子來城裡工作一個半月期間，一星期總有兩三晚上門來，一來就先叫兩樣對味的小菜佐啤酒，然後邊吃邊看書，偶爾同方沅或她褐髮碧眼的男助手尼克聊個兩句。

沈傑這人一向寡言，就怕跟一開口便滔滔不絕的「話癆」打交道，小酒館的主人待人親切歸親切，舉止言行卻有分寸，並不聒譟，這正合他的意。他往往就這樣靜靜地看一會兒書，待肚子有點餓了，便來碗炸醬麵，稀哩呼嚕地吞下肚，好不暢快。

真要說起來，小酒館能有這碗炸醬麵，他占了一份功勞，因為那裡頭主要的調味料——「黃醬」，是他定期從北京帶來的。遠方小酒館原本沒賣炸醬麵，因為異鄉黃醬難尋，偶爾有人分方沅一點，她才能做來解饞。他成了常客後，有一天她特留了一碗給他嘗嘗。

他一吃就叫好，炸醬鹹香，手擀的麵條有勁道，要不是麵碼就只有切得極細的黃瓜絲，沒有青豆、豆芽、心裡美和水蘿蔔那些中國北方常見的蔬菜，否則還真像他老家的炸醬麵。

「挺好，地道，有媽媽的味道。」他不顧吃相，轉眼吃淨一大碗，心滿意足地嘆口氣，這才問道，「聽妳口音並不是北方人，咋學來這北方麵食？」

方沅笑了笑，卻只說：「故事很長，以後有機會再告訴你。」

「好，好，以後再說。」

沈傑是識相的人，不會強人所難，逼問到底。

「不過，這麼好吃的麵，不常常做多可惜。這麼著，往後我只要再從北京來，就給妳帶上黃醬，讓妳時時不缺貨，我也就時時都有炸醬麵可吃。」

從此，這碗帶京味兒的炸醬麵，就成了遠方小酒館的私房美食。它不在菜單上，只賣常客和慕名而來的華北鄉親，撫慰了不少異地遊子思鄉的肚腸。

不過，偏偏也有那不領情的人，嫌這炸醬「不對」，好比說，那位年輕的博士生。

她也是聽聞小酒館有中國味的炸醬麵而撲上門來，一邊點菜一邊還與沖沖地說，「哎呀，我有好久沒吃炸醬麵了，從前奶奶還在時，從台灣到美國看我們，都會煮一大鍋炸醬，拌麵下飯都好好吃喔。」

然而，炸醬麵一上桌，女孩還沒動筷，就嚷嚷了。

「這是中國炸醬嗎？怎麼只有肉丁，沒有豆乾和毛豆？」

「這是炸醬沒錯，偏北方口味，」方沅並未動怒，依舊笑盈盈，「看樣子，您喜歡的炸醬是台灣口味，比較接近上海的八寶辣醬，今天正好有，我就給您換個八寶辣醬麵吧。」

辣醬麵乍入口，女孩又開口，「這辣醬並不怎麼辣嘛，不過，滿好吃的，有一點像奶奶的炸醬。」

她一口接一口吃個不停，一臉的滿足。

看來，這一碗「不怎麼辣」的辣醬，也拴住了她的心，要不然，該如何解釋這位英文比中文流利的ABC女孩，每隔三數日就會來到遠方小酒館，吃上一碗辣醬麵或辣醬菜飯？

愛吃辣醬的博士生來到遠方小酒館的那一晚，沈傑就坐在同一排隔了兩個人的位子，是那種聽得見、看得見對方，卻不便攀談的尷尬距離。不過，這也無所謂，因為當時他心裡想著，「這女的長得挺秀氣，可未免也太心直口快了，再說，炸醬還摻上那些亂七八糟的，胡來！」

沈傑過了幾天就回北京，他怎樣也想像不到，自己下一回再來這城裡，又一個大雨滂沱的傍晚，他竟對女孩動了心……

4 小雪

鍋中人生味

颳起東北季風的日子，氣溫陡降，在客廳窗邊就著自然光看書，久坐不動，手腳竟有些冰涼。一陣風夾著雨絲飄進屋裡，突然渴望著喝碗香噴噴又熱騰騰的湯，比方說，砂鍋醃篤鮮。

一起心動念，嘴就饞了起來，索性自己動手來煨一鍋吧。把小說放在一邊，披上外套，穿上短雨靴，撐著傘，上街買菜去。

肉店購來一條五花肉，跟雜貨舖拿了一小塊火腿，到豆腐攤上買非基改黃豆做的百頁結，最後轉去熟識的菜販那裡，請他替我挑一兩支筍子，順便買一小把青江菜。蔥薑則不必花錢買，老闆自會附送。有了這些，加上家中冷凍櫃常備的雞骨高湯，就能夠熬煮醃篤鮮了。

火腿蒸過切厚片，五花肉切塊汆燙撈起，用水沖淨雜質，這兩種豬肉連同筍塊放入砂鍋中，加解凍的高湯、紹興酒和蔥薑，大火煮沸，立刻轉文火，慢燉約莫一小時後，燙過的百頁結才可以下鍋，一同煨個十幾分鐘。

至於青江菜，得等到最後一刻才入鍋，燙熟即可。

醃篤鮮可說是我父系的滋味，父親老家離上海不遠，飲食偏好多少帶點滬上風味。他老人家還在世時，我們陪父親上江浙館子用餐，必定點上一鍋醃篤鮮。醃篤鮮是上海本幫菜經典湯品，醃指的是鹽醃風乾的陳年火腿或家鄉肉（即鹹肉），鮮即為生鮮豬肉，而「篤」是滬語，有慢慢煨煮的意思。其味香濃腴美，宜趁熱喝，冷了湯面一層浮油，講究養生或在意身材苗條的人看了難免心驚，我可是一點也不在乎。對我而言，這道我從小喝到大的湯品，恰是所謂的 comfort food，也就是療癒食物。

記不清有多少次了，常常是在寒夜裡，我和伴侶、親人圍桌而坐，桌上擺了幾樣家常小菜，有葷有素，或清炒或紅燒，桌面正中央端坐著一口熱氣氤氳的砂鍋醃篤鮮，而我們所有人最愛的，都是那一鍋鮮美的湯。

我不急著夾菜吃飯，首先就盛了一碗湯，迫不及待地舀了一匙入口，那濃醇的滋味如暖流般滑進胃裡，淌進心中，我整個人從裡到外都暖和了起來。至少在那一刻，生活當中種種的憂煩和小小的不如意，都變得不那麼難耐。這一鍋醃篤鮮不但飽我肚腹，也慰我心靈，它甚且有某種形而上的意味。

這話怎麼說呢？

且看那醃篤鮮鍋中有耐於保存的火腿或家鄉肉，有新鮮肥潤的豬肉（套當今流行用語，小鮮肉），有脆爽的筍子和青菜，有軟嫩的百頁結，更有既可提味又巧於容納各味的高湯。種種滋味各自繽紛，各自華麗，然而倘若獨沽一味，終究難免單調無變化，甚至教人膩味。

就拿小鮮肉來說吧，鮮則鮮矣，難免血氣方剛，一不小心便隱藏不了其野生兇猛之臊腥味；至於陳年的火腿，空口吃，口味特重極鹹，有時還太硬太柴，淺嘗一兩口或可，多了真無法下嚥。

不知哪位聰明的廚師率先烹製出醃篤鮮，將味「清」的竹筍，味「濁」的小鮮肉與鹹肉，放進同一口鍋子中，跟著注入醇厚的高湯，小火慢燉，最後加進清新青翠的青江菜，成就出一鍋教人喝了欲罷不能的美味。

這不就有一點像是我們的社會，由各種人所組成，有少者、長者、特立獨行的清流之士、隨波逐流的入世之民，形形色色，各行其是。年輕人青春正燦爛，有的是熱血和幹勁；長者已過盛年，體力不再旺盛，卻有時光換來的經驗和歲月淬煉出的智慧。清流之士針砭時事，堪稱為社會的良心；入世之民認真生活，可說是社會的中堅。

像我這樣的一個普通人，行走於世間，一路上與不同的人相遇，有的較我年長，有的比我年少，有人熱情張揚，有人內斂低調。我們嬉笑怒罵，遭遇有喜有悲，日子過得或許瑣碎平凡，也可能澎湃激盪。這林林總總，塑造出我們各自的人生樣式和生命情調，各種人生樣式與生命情調聚集、結合，就形成了社會。我們能不能像烹煮醃篤鮮那樣，將青春與衰老、經驗與熱血、智慧與幹勁等不同的「風味」統統融合在一起，炮製出更趨近於理想的人生和社會？

醃篤鮮，是一個靠火候的菜，無論如何都需要慢慢地煮、細細地煨。而人生的際遇，往往也得在事過境遷，情緒沉澱之後，才體會得出意義之所在。我在廚房裡熬著湯，默默思考食物與我、飲食和人生的關聯，當我終於嘗到爐上這一鍋醃篤鮮時，依稀感到自己嚥下了人生百味。

烏魚來的時候

午後煦陽似金，我到超市買菜，逛至鮮魚部，瞧見平日少有的貨色，是烏魚。這也難怪，節氣已至小雪和大雪之交，俗諺有云「小雪小到，大雪大到」，這裡說的「到」，指的就是烏魚來了。儘管亞熱帶的天氣還暖和，金秋終究已矣，眼下真是冬季了。

每年從十一月下旬起，烏魚便成群結隊從台灣北方的海域洄游南下產卵，到了十二月，隨著海水漸涼，匯集在台灣海峽的烏魚群愈來愈多。魚群游至台灣西南部海域時，雌魚已大腹便便，魚腹中金黃肥美的卵巢被整副取出，經鹽醃日曬後，就是台灣人愛吃的烏魚子。

多年前在電視上看過紀錄片《烏魚來的時候》，影片記錄了漁民在冬至前後烏魚汛期大發「烏金」財的盛況。因年代久遠，影片內容如今已記憶模糊，但記得場景包括興達港，那裡當年是撈捕烏魚的重鎮。

興達港這地名之所以記得牢，其來有自。在那之前，有一年冬天，我那出身台南的外婆趁著回老家，前往位於茄萣的興達港，採購剛捕上岸的烏魚，委託專人做成烏魚子，一部分送給南部親友，一部分親自帶回北投。阿嬤回家後，將一副副橘紅帶褐的烏魚子排在飯廳的圓桌上，端詳良久，一臉笑吟吟。我在一旁卻忍不住納悶，為什麼只有魚子，魚到哪裡去了？

「好喫的是魚子，魚無啥好喫，攏送乎替咱做卡拉斯密的人了。」阿嬤說的卡拉斯密乃日語發音，漢字為「唐墨」，亦即烏魚子。

我直到讀大學，才在當時的男友家嘗到烏魚的滋味。那也是個冬日，男友的母親煮了烏魚米粉，整鍋端上桌。湯中有油蔥、扁魚酥和蒜苗，濃郁鮮香，魚肉則肥厚細嫩，哪裡會「無啥好喫」？真要挑毛病的話，腥味是比阿嬤愛吃的嘉鱲和赤鯮重一點，這容或就是阿嬤嫌烏魚不好吃的原因。

外婆故世後，有一回我和姊姊聊起阿嬤的烏魚子，姊姊邊笑邊搖頭說：「阿嬤就是這樣嘴刁，明明不是多有錢，愛吃的東西管它有多貴，標會也要買。妳看，她後來不是以會養會又倒會，差一點把整個家吃垮了。」

我站在超市魚櫃前，想起這讓人哭笑不得的往事，伸手取下一盒切塊烏魚放進籃中，轉身回蔬菜櫃拿了一包蒜苗，今晚就來煮一鍋烏魚米粉吧，實惠美味，何樂不為？

冬季的台北，有麻油雞

冷鋒過境，寒風颼颼地颳著，綿綿冬雨惱人地落著，這時便覺得，該吃碗香噴噴剛起鍋的麻油雞，飽我胃腸，暖我心神。

傳統的台式麻油雞，烹法並不難，差不多家家戶戶都做得來，主材料就只有麻油、土雞和老薑這三樣而已。麻油指的是胡麻油，但並非中國大陸西北和內蒙一帶的亞麻籽油，而是將黑芝麻焙炒後冷壓所得之油，色澤深褐近乎黑，香氣馥郁濃厚，故又稱黑麻油。就台灣而言，雲林的北港和台南的西港是較知名的產地。

台灣鄉親相信麻油雞可以溫補，為冬令進補佳餚；婦女產後「坐月子」，更是非吃麻油雞不可。此一食俗自有其道理，因為麻油能夠幫助子宮收縮，雞肉亦有滋補身體之效；至於老薑，能夠驅寒祛濕、行氣活血，民間認為孕婦分娩時吸入不少「風」，多吃點老薑可以去風。

先母生養四名子女，坐過四次月子，如此算來，她一輩子至少有四個月時間，天天都吃外婆親手熬煮的麻油雞，而我們姊弟四人則是一生下來便透過母奶，間接嘗過麻油雞的滋味。像我這樣自襁褓時期就「吃過」麻油雞的台灣人，不知有多少，這或可解釋台灣人何以嗜食麻油雞，只因那味道與一代代母親溫暖的懷抱，有著奧妙的關聯。

我的麻油雞做法來自母親，她則得自我的外婆；至於外婆又習自何人，這會兒沒法問了，想來是外婆的母親或婆婆吧。直到現在，我依然偏好用這老派的辦法，烹調古早味的麻油雞。

首先，需將老薑洗淨，連皮切片，跟著將土雞剁塊（倘若有真正野放於鄉間的放山雞更好，肉更結實有味），用滾水汆燙後，以清水沖淨表面雜質。

再來就可以起油鍋，將麻油燒至七分熱，下薑片，小火煸至乾皺，待廚房中彌漫著濃烈的香味時，滋啦一聲，把雞肉統統加進鍋裡，中火翻炒至表面略黃，便注入米酒，蓋過雞肉。

請別懷疑，加的就只有酒，沒有水，傳統做法的麻油雞講究一滴水也不加。不過，用不著擔心吃了會醉，這米酒下鍋後須以大火沸煮四、五分鐘，才能轉文火將雞肉燉爛，等到雞肉煮熟燉爛時，酒精早已揮發殆盡，鍋中僅存酒香了。

除了不可摻水，煮麻油雞通常也不加鹽，要求「正港」的，甚至嚴禁加鹽。我聽人說過，麻油雞加了鹽一起煮會變苦，這或是誤傳，因為麻油之所以變苦，主要是在製油過程中芝麻焙炒過度所致。我做過一次小實驗，在麻油雞臨起鍋前方撒鹽，湯汁並未因而變苦。

我猜想煮麻油雞之所以不加鹽，說不定是緣於台灣人吃麻油雞喜歡加麵線，且最好是傳統的日曬麵線之故。此種麵線在揉製時便已摻了鹽，倘若雞湯已鹹，拌了麵線就會鹹上加鹹，難以入口。

我這個想法可是有「實證」的，也就是那一回，我用已摻足了鹽的麻油雞來拌麵線，哎呀，鹹得我只好兌一點熱開水來稀釋，然而湯的香氣和醇味自然也就淡薄了。

傳統歸傳統，近年來，麻油雞的做法逐漸出現改變，有烹調時不但加鹽還下冰糖的，亦有添加紅棗、枸杞、黃耆等中藥材的，我甚至嘗過加桂圓乾一起煮的麻油雞。想來是從小吃慣傳統口味之故，坦白講，種種新派做法都不對我的胃口，在煮食麻油雞這件事上頭，我守舊泥古，實在老派。

米香車來了

那天傍晚，在超市附近看到米香車又現街頭。這輛攤車我認得，由一對年約四十的夫婦打理，聽說是家傳第三代。這樣的老行當還有年輕一輩願意接手，誠然是好事，我樂意支持。況且，他們的米香挺好吃，花樣也多，單是主材料就分白米、糙米、燕麥、薏仁，配料則有芝麻和花生，連口味都區分為砂糖原味和黑糖。我買了一包，白米、原味、加花生，所謂的古早味。

今早，就著一杯手沖咖啡，吃了兩塊米香，這樣的早餐已一連吃了幾天，還沒膩。問丈夫要不要也來一塊，他搖搖頭，繼續吃他的麵包夾乳酪。這位荷蘭先生雖不排斥米香，卻也稱不上愛吃。在他看來，這不過是又一種台式點心；於我，則蘊藏著童年回憶，滋味萬千。

兒時每到冬天，每隔一段日子，便有一位歐吉桑開著三輪小貨車，來到我家巷口。這輛三輪貨車儼如流動工廠兼商店，從製造貨品到銷售，一車一人搞定，作業流程完全攤在光天化日下。

鄰居孩子爭相走告，「米香車來了」。一個個各自返家，找出空的克寧奶粉罐，盛上白米，口袋裡揣著大人給的幾個銅板或小額紙鈔，那是需付給歐吉桑的「工錢」。高矮不一的孩子相繼回到巷口，興沖沖地在車前排起隊，我和弟弟也跟著湊熱鬧。

還記得那車上有個通身已被燒灼得幾近烏黑的鐵缸，如龐然大物，令我望之生畏，可是美味的關鍵恰恰就在那缸裡。歐吉桑接過各家小孩帶來的白米，倒入缸中，加熱，接著在一旁用小鍋熬糖漿。我懸著一顆心，屏息留意著他的一舉一動。好不容易，歐吉桑終於轉身，準備要開缸，並大喝一聲，說出那帶有威嚇力卻又神奇的三個字——「欲砰啊」（要爆了），我趕緊伸手摀耳朵。

那鐵缸是個壓力鍋，在開鍋的那一刻，砰的一聲，壓力一口氣釋放，聽來簡直像炸彈爆炸。我從小就對各種突如其來的聲音特別敏感，這勢必響起的轟然巨響，哪能不教我提心吊膽？然而在此同時，我也確知，跟在暴力之後的，將是甜美的好滋味，因而滿懷期待，甚至有點興奮。

這般既懼又盼、焦灼和喜悅兼具的奇妙心情，兒時的我尚無法理解，當然也無從得知凡此種種的「內心戲」，其實是人生常態。此後，我會遭遇到更多複雜難解的矛盾，內心的小劇場將不時重演遠比「等待米香」更加糾結且悲欣交集的各種戲碼。

冬日之湯

一到冬天，就愛喝湯，尤其是颳著風還下著雨的日子，寒風颯颯，濕冷刺骨，明明裹著羽絨衣，卻老覺得骨子有一股寒意。這時就想喝碗熱湯，一碗唏哩呼嚕下肚，腸胃滿足了，身子暖了，心也跟著踏實了。

然而，不是所有的湯都能讓人在寒冬身心都得到安慰，食物亦得配合時令，什麼季節喝什麼湯、怎麼喝，都有一定的講究。首先，冬天的湯必須夠燙，不冷不熱溫吞吞的湯水，不如不喝。其次，不可清清如水，最好料多味足，天氣冷，人體需要熱量來抵禦寒冷，清淡爽口的湯，夏天來了再喝吧。

台北的冬季，我特別愛喝的湯有三種，都不是什麼高檔煲湯，而是家家戶戶都做得來，幾乎在每個夜市都喝得到的庶民美食，分別是麻油腰子湯、四神湯和紅豆圓仔湯。

麻油腰子

當我還年少時，每個月都會有特定的一兩天，整個人特別不舒服，尤其是下腹部，偶爾痛到連走路都沒力氣。遇上這樣的日子，母親會給我喝豬肝湯，夏季加嫩薑絲，冬天則多撒一把菠菜。待那最難挨的兩天過去了，豬肝退場，腰子上場，夏天一樣煮薑絲，冬季端上桌的往往是加了薑片的麻油腰子湯。

我特別喜歡冬天的麻油腰子湯，尤愛麻油薑的香。麻油將薑片慢慢煎乾時，會散發出一股澎湃洶湧的香氣，總讓我感到幸福，因為那當中藏著母親對女兒的關愛，何況這也表示著，我馬上又要有口福了。

跟我一樣聞到這氣味便嘴饞的台灣人，想來不少。畢竟那是我們一出生便熟悉的香氣，來自母親坐月子時藉以補身的麻油雞。台灣人受漢人食補文化影響，四時皆補，以麻油加薑為底的各種麻油菜餚和湯品，是冬季的滋補聖品。

根據漢醫說法，女性在生理期的頭兩天吃豬肝有助排除污血，接下來兩天吃麻油腰子則可以幫助造血。不過冬季以麻油腰子補身者，並不限於女性，那是因為傳統漢醫常「以形補形」，吃豬腰以補人的腎，而人體在冬季「腎氣不足」，正適合以有溫補之效的胡麻油加腰子來補補身子。我呢，雖算不上漢醫學的忠實信徒，但是冬天該吃麻油腰子我是信了，誰叫麻油薑的辛香和爽脆的腰花是那麼合拍，讓我無法抗拒。

大學畢業後，我離家自立，冬天心情偶爾低落，可又不想回家向母親撒嬌，怕她擔心，索性就去吃碗麻油腰子湯，以口腹之欲來安慰自己。那時最常去遼寧街夜市專賣各種麻油湯和筒仔米糕的攤位，叫「正記」。後來搬到歐洲十幾年，每次冬天回台北探親，也總會找個時間，特地過去吃個一碗，解解饞。

時光匆匆，這家攤煮的麻油腰子湯已傳到第二代了，難得的是，滋味並未走樣，仍是我心目中台北市的第一名。其腰子火候掌握得當，厚厚一片吃來口感十足，並不夾生且十分爽脆，並不太多的湯頭一入口便是濃郁的油香，飄著淡淡的酒香，讓我每每吃得意猶未盡。

正記每天下午四點以後才擺攤，如果是白天就嘴饞了，我會去林森北路的「金佳阿圖麻油雞」本店，我常戲稱，正記是夜場，金佳阿圖是日場。日場的麻油腰子湯，腰子偏嫩，沒那麼脆，湯頭酒香較濃，湯的分量也比正記多，特別愛喝湯的，或許會更喜歡。

四神湯

對台灣飲食稍有涉獵者，或許早已聽說，四神湯其實應該是「四臣湯」，因閩南語中「神」和「臣」同音，久而久之就以訛傳訛。說起這道湯品，在台灣傳統小吃中發源的年代並不算早，起碼在清代文獻中找不到，要到日治時期才有文字紀錄，如此推算應是二十世紀的事。

四臣指的是中藥材中四種「臣藥」（輔佐主藥材加強治療主症的藥物），分別是淮山、芡實、蓮子、伏苓。這四種藥材有健脾固胃之效，但是加在一起並不特別好吃，為了讓它變成補身又美味的藥膳，就和帶油脂的豬內臟一起燉煮。早期用豬肚，但如今夜市攤位煮的多半是成本不太貴的豬小腸，四臣中的茯苓常也改為價格相對親民的薏仁，或索性只加薏仁，四臣變一臣了。

夜市賣四神湯的攤位，常也順便賣肉粽、肉包、刈包等，想來是由於單吃一碗四神湯餵不飽勞動大眾，需有澱粉類主食來填飽客人的肚子。然而我在台北市最常去的「劉記四神湯」，在南昌街擺攤營業數十年，早已傳至第二代了，卻始終獨沽一味，只賣四神湯。這攤的四神湯亦只加薏仁這一「臣」，主料選擇可就多了，有豬肚、小肚、豬腸、粉腸、生腸，客人是要單吃一種，還是每種皆要都行。

劉記好吃歸好吃，卻有一「缺點」——生意太好，不論內用或外帶都得排隊，尤其是天一轉涼時，那隊伍就特別長，微寒的天氣倒也還好，遇上冷鋒過境，天寒地凍，我瑟縮著排在長龍陣當中時，也只能自我解嘲，「愛喫不驚流鼻水」。

好在，後來我發覺，瑞安街「水牛書店」經營的「我愛你學田市集」販售有冷凍包的低溫慢烹四神湯，裡頭不但有豬腸、豬肚，而且真的有傳統的四臣藥材，並加了橄欖、桂皮提味。我好奇訂來吃吃看，一嘗果然不同，湯頭有淡淡的藥味，沒有味精，完全靠食材和雞高湯燉出醇厚滋味，因此吃完不會口乾舌燥。其豬腸之軟嫩，更是我嘗過的四神湯之最，豬肚則彈牙但不韌，口感好。

這家的四臣用量也很大方，並多加了薏仁和俗稱洋薏仁的大麥，分量比一般的四神湯更扎實。總之，我愛你學田的四神湯合我的胃口。坦白說，在寫這篇文章前，我才剛熱了一碗，此刻整個身子都暖烘烘的。

紅豆圓仔湯

從小不嗜甜，到西餐廳用餐往往省略不點餐後甜點，如果是套餐，就讓給別人吃。然而倘若吃的是中菜，飯後上甜點是綠豆湯或紅豆湯，那我可就絕不讓人，桌上要是有夠熟的朋友不吃他的那一份，更是毫不客氣，端過來喝個精光。

不管大城小鎮或鄉間，台灣應該沒有哪個夜市不賣甜湯的，夏天是冰綠豆湯，冬季則改賣熱紅豆湯。綠豆可以加薏仁，熱紅豆湯的好搭檔則是各種澱粉搓成的粉糰，特別是俗稱圓仔的糯米小湯圓。

根據傳統漢醫學，夏綠豆、冬紅豆有其道理：綠豆清熱去火，可以解暑；紅豆利尿消腫，健脾益胃又補血生乳，熱呼呼喝下肚，可以禦寒。可是，為什麼喝紅豆湯會加圓仔，喝綠豆湯卻不加？這似乎是台灣人的飲食習慣，同樣愛喝紅豆湯的香港人和廣東人，煮紅豆湯加陳皮，卻沒有加小湯圓的食俗，起碼我未曾聽聞。

有年冬天，我頭一回去日本自助旅行，看到幾乎各家「甘味處」都在賣冬季限定的紅豆白玉，我點來一吃，這不就是咱台灣的紅豆圓仔嗎？只是日本的紅豆湯更濃稠，白玉個頭也比圓仔大。

心頭於是浮起合理的懷疑，難不成台灣的紅豆圓仔湯是日治時代受到的影響？我查了很多資料，都查不出紅豆圓仔湯到底源自何方，這個疑問至今未得到解答，仍有待學有專精的史學家解惑。

我熱愛紅豆圓仔湯，不管走到哪裡，只要還有胃口，就會吃上一碗。以台北市而論，因地利之便，最常吃的是

離住家不太遠的「豆花林」，其名氣比不上同區另一家網路聲量更大的甜品店，卻更受到街坊鄰居的喜愛。紅豆煮得粒粒分明卻鬆軟，圓仔軟但不黏牙。

大稻埕259農學市集的窯燒紅豆湯的長處則在於有傳統味，而且家常，其紅豆和糖分別炒過才煮，如此豆殼和豆仁不會分家，湯也不會「死甜」，喝來較不甜膩，可惜圓仔不是現煮，而是煮好了泡在水中，因此吃來失之軟糊。

至於雙連圓仔湯，強項果然是圓仔，圓仔夠軟夠糯且保持適當彈性，也並不黏牙，是我記憶中的古早味。

看電影，學做義大利麵

多年以前，當我還是個懷抱電影夢的文藝少女時，倘若有人對我說，「有一天，妳會成為飲食作家，出版好幾本食書。」我就算並未嗤之以鼻，心底八成也會想，「胡扯，我可是要拍電影的，要寫的話，寫的也是劇本。」眼下回首前塵往事，才發現一切早就有跡可循。

十二、三歲時看已故義大利電影大師費里尼的《羅馬》，眾人坐在羅馬街頭大啖義大利麵的情景，是片中最讓我全神貫注的一幕。那麵條閃著紅澄澄的油光，顯然是番茄口味，我看著看著簡直要流口水，饞勁和好奇心同時爆發，回家後遂用番茄醬加洋蔥、肉末做了一大鍋，並不太難吃，然而即使是那會兒我也明白，自己的這一鍋麵和電影中的那一盤，根本是兩碼子事。

真正的番茄義大利麵到底怎麼做呢？

數年以後，另一部電影給了我解答，那就是義裔美國導演柯波拉的《教父》，這部電影連同其續集《教父2》被譽為好萊塢影史上很難超越的黑幫電影巨作。還記得在觀影時，我不住地讚嘆柯波拉交叉敘事手法之高明，簡直到了爐火純青的地步，影片氣勢之恢宏，則宛若史詩。然而走出放映室後，更教我念念不忘的，竟不是那些技法高超或劇力磅礡的場面，而是片中黑手黨老臣教導未來少主麥可做菜的片段。

對付仇家絕不心軟的老臣在結束白天不外乎逞凶殺人的「差事」後，回到幫裡，動手替大夥煮義大利麵，還特別叫艾爾帕西諾飾演的麥可過來自己身邊。

「小夥子，來學點東西，說不準哪天你得替二十個弟兄燒菜。」他邊煮邊講解，「喏，先加一點油，然後煎蒜頭，接著把番茄、番茄糊扔進去，炒一炒，小心黏鍋。煮滾了，把香腸、肉丸統統倒下鍋。加一點點紅酒，加一點點糖，這可是我的小秘訣。」

瞧，這不活脫脫是番茄肉丸義大利麵的食譜嗎？我就這樣學會人生第一道義大利菜。（其實是美式義大利菜，但是這還得再等到好多年以後，我才得以了解。）

費里尼的《羅馬》也好，柯波拉的《教父》也好，兩者都不是美食電影，讓我掛懷的卻都是片中短短不到一分鐘關乎食物的畫面。自以為是「電影少女」的我，原來更在意「飲食」在日常生活中的位置和意義，可惜當時並未察覺到這一點，幸好後來總算醒悟，遂放下電影夢，拾筆寫食談生活，從此樂此不疲。

愛火鍋，也愛真食物

冬雨濛濛的日子，朋友來我家附近辦點事，中午約我吃火鍋。我欣然同意，寒天吃火鍋，暖烘烘的，真是舒服，可是待她說出店名，我卻忍不住蹙眉，連連搖頭。

「怎麼了？那家很有名，有什麼不對？」朋友知道我嘴饞歸嘴饞，但是碰到親友邀約上館子，並不挑剔地點或菜色。對我來講，聚餐的意義「聚」大於「餐」，飯菜只要入得了口，也吞得進肚裡就好。朋友提議的這家火鍋店有不少分店，的確是人氣名店，然而它犯了我的大忌。

話說那一回我慕名而去，一坐定，看了菜單，見其價位親民，心中便有底，一分錢一分貨，用不著抱著太高的期望，能吃就行，假如超值又美味，那是店家有佛心。菜盤端上，擺得好看，賣相不錯，服務員特別推薦烙印著圖案的「特製豆腐」，建議煮一分鐘就好，因為此豆腐不宜久煮。

我心想，俗話說「千滾豆腐萬滾魚」，豆腐一般越煮越入味，這家的豆腐還真特別。不過，既然店家都建議了，聽之為妙，遂乖乖地讓豆腐只滾了一分鐘便撈起，咬了一口，嚼了兩下，這玩意一點豆味也沒有，質地更Q到不可思議，真的是豆腐嗎？總之餘下那半小塊，我是吃不下去了。

再瞧那盤上的「火鍋料」，雖說一看就貌似沒有蝦的蝦丸，不含魚肉的魚板，但是不嘗嘗看哪能知道滋味如何。結果，也是吃了半口就嚥不下去，果然是化學合成貨色，有不少澱粉、色素、香精和天知道什麼成分。

這時，我已死心，盤上只要是形跡可疑的，碰也不碰，單吃高麗菜、金菇和青菜，這幾樣起碼是真食物。仔細打量豬肉片，並不是重組肉，就也吃下肚。至於菜有沒有洗乾淨，豬肉是否殘留抗生素，那是外食必須擔負的風險，無法講究。

我帶著半飽的腸胃和空虛的心，埋單走人。店內依舊座無虛席，店外還是擠著候位的人潮，我不由得納悶，生意如此興隆是因為價位不高嗎？可是在自家煮火鍋，並不很麻煩，花費更少，為何要來這裡排隊，吃外型相似卻無真滋味的工業製品呢？抑或是，有人偏就喜愛「科學化」的味道和口感？唉，也只能說適口者珍了。

話雖如此，我可不想再光顧，於是建議朋友，乾脆先去吃麵配黑白切，再找家咖啡館坐坐。好歹入口的麵條應該含有麵粉，嘴邊肉和生腸肯定來自豬，而地瓜葉不會是染了色的人造纖維——天可憐見，至少眼下還不是……

歡聚迎新春

歲暮天寒，才下午五點，天色已蒼茫，購物街上人潮熙攘，商場的播音系統不時就唱起「咚咚隆咚鏘」，聽多了真像是疲勞轟炸，大夥兒卻都盡量忍耐，或索性充耳不聞。橫豎一年也不過就這幾天走到哪兒，這首歌唱到哪兒，只因為快過年了，要放年假啦。

春節期間，親朋好友多半都用不著上班上學，正是大夥相約聚會的好時光。那麼，要唱 KTV 嗎？到大飯店大吃大喝一頓嗎？還是結伴去名勝古蹟人擠人？這些休閒活動，各有各的好，在我看來，卻都比不上舉辦一場家宴，邀集親友來自家歡聚。瞧，大人可以旁若無人地高談闊論，指天畫地，不怕談話內容給鄰桌聽了去；小孩要畫畫、看故事書、玩電遊或桌遊都行，累了還可以在沙發或床上睡

一會兒。大夥如此舒服自在，更別說還能嘗到東道主的手藝。

春節家宴規模可大可小，我以為連同主人在內一共六至八人最合乎理想。過年嘛，人數太少，似乎有些冷清，人數太多，做主人的就怕招呼不過來，不小心冷落一兩位客人。還是六到八人好，偶爾可以「小圈圈」和鄰座交換意見，亦能夠隨大夥就著同一話題各抒己見，人人皆有參與感。

邀齊了親友，決定了人數，才好判斷得準備多少菜量。至於要有多少道菜，倒是不必多想，不是四道就是五道：前菜、湯品、蔬菜、魚或肉類主菜（一或兩道）和甜點。道數不必貪多，但每道菜分量須足，才顯得豐盛大器。

至於菜色，畢竟是農曆年，我偏好中西合璧，除了人人都吃得慣的中式菜餚外，也備上我在旅歐期間學會、較合華人胃口的西菜，將大夥熟悉的滋味與新奇的美味，統統端上桌。上菜方式則採取歐洲家庭作風，一道一道輪流上：湯和甜品一人一小份，其他的則用好看的大盤大碗盛裝，讓各人視食量和偏好取用。

前菜部分，我打算切一些年前做的滷味和臘肉、香腸，加上西式燻鴨胸、燻鮭魚和風乾火腿之類，做個大拼盤，一旁襯著爽口的和風蘿蔔沙拉和咱家過年必備的十香菜。

接下的湯品、蔬菜和主菜，則走西方路線，做我在異國時學到菜餚，給平日不見得常吃西菜的親友嘗嘗鮮，只因我在異鄉吃到特別可口的食物時，有個念頭時常浮上心頭，那就是，「這麼好吃的東西，要是某某也在這裡，也能嘗到，該有多好哇」。

美好的事物，該與彼此關愛的人分享，這會兒分享的時候到了。我煮了一鍋曾在歐洲的冬天暖我腸胃、慰我心神的濃湯，或是香料胡蘿蔔番薯湯，也可能是海鮮南瓜湯，另外烤了一大盤菜，有洋蔥、櫛瓜、甜椒和花椰菜等耐烤的蔬菜。

主菜呢，燉一鍋法式紅酒牛肉吧，要是賓客中有不吃牛肉的，那就多做一大盤歐式烤魚，兩道主菜一同上桌，大夥任選。吃肉的搭紅酒，食魚的佐白酒，至於兩者都想吃的，要喝什麼，就隨意吧。

結尾的甜點，且讓我回歸東方，把紅豆年糕切成小長條，裹以春捲皮，半煎半炸至外皮金黃酥脆，配上抹茶冰淇淋和香草鮮奶油醬汁，就是既應景又多了點創意的春節甜品。按照我家的傳統，過年就得吃金條般的春捲，既討個吉利，也有迎春之意。年糕呢，小孩一邊吃著，大人在旁一邊講著「年糕、年糕、年年高」，期望小朋友來年長高長大，大朋友步步高生。

我的春節家宴菜色，手工都不太繁複，而且每一道菜不是事先便已做好，臨上桌前再加熱，就是一大份往烤箱一塞，自生烤至熟便了事，煮婦煮夫用不著時時刻刻守在爐火前，揮汗如雨。

說到底，舉辦家宴的用意，是想透過食物，傳達出我走過的足跡和生命經驗，並與大夥分享人間的美好，所以，拜託別在我的餐桌上滑手機，且讓我們舉杯，以茶以酒以美食，祝願來年風調雨順，人人平安自在。

團圓食元宵

從市區搭捷運返家，早已過了尖峰時刻，夜晚的車廂卻比平日擁擠。車抵圓山，一大夥青春正茂的紅男綠女和外地遊客，嘰嘰喳喳地下了車，另一波人潮隨即熙熙攘攘地湧入，車廂並未清空多少。

圓山站旁的花博公園正舉行台北燈節，在這一站上下車的，多半都是到公園看花燈的市民和遊客。這也難怪，過完元宵，農曆新年節慶才算正式結束，燈節又一年才這麼一回，這個熱鬧哪能不湊？

我和丈夫才找著座位坐下，便瞧見有一家四口擠到跟前來。年輕男子懷中抱著小人兒，自長相觀之，應是父子倆，一旁的少婦手裡牽著約五歲模樣的小女孩，是媽媽和女兒吧。小姑娘臉蛋酡紅，還殘留著激動興奮的表情，清澄的眼神卻透著幾絲

倦意。這一家人想必剛也逛了花燈，這會兒不分大人和小孩全都累了，我趕緊起身讓座。

數不清多少年前的元宵夜，我也曾經像這樣，在早春料峭的夜裡，擠在人群中，一手牽著爸爸或媽媽溫暖的手，另一手提著一只小燈籠，瀏覽著形形色色比真人實物大了許多的花燈，真的就是眼花撩亂。依稀記得有些還是電動的，會左右搖晃或上下點頭，做著重複的動作。

看完燈會回家，肚子有點餓了，爸媽會煮一鍋湯圓，分盛在磁碗中端上桌，一碗四顆，每顆包著不同的餡料，例必有芝麻和花生，另兩種不一定，但肯定是甜的，爸爸說，這叫「四喜元宵」。

其實我家吃湯圓並非罕事，經營砂石場的父親嗜甜，一興起就會在下班回家的路上，繞去江蘇老鄉開的食品行，買上兩盒芝麻湯圓和一盅桂花酒釀。當晚或隔天早上，咱家的宵夜或早點就是一上桌便甜香撲鼻的酒釀芝麻湯圓。

雖說湯圓並不稀奇，元宵節夜裡的那一碗熱騰騰但未加酒釀的湯圓，卻總是較平日的更加皮薄餡大，我格外珍惜，吃得特別香也特別慢，設法拖延著時間，因為媽媽說，吃完元宵，年就算過完，明天起又得早睡早起，不許再看電視到十點多了。

我本來以為，父親口中的元宵就是平日吃的湯圓，只是在過節時應景地改了名。及長方知，元宵和湯圓的外觀雖都圓滾滾、白花花，皆為包餡的糯米湯糰，然而製法並不相同，質地和口感自然也就有所差異。

明代宦官劉若愚在其筆記體史書《酌中志．飲食好尚紀略》中記載，元宵「製法用糯米細麵，內用核桃仁、白糖為果餡，灑水滾成，如核桃大小，即江南所稱湯圓也。」

劉若愚在世時，明代首都在現在的北京，由此可以推論，元宵乃華北的做法，是人工「滾」或「搖」出來的，餡需凍硬，切成像骰子大小，放入竹篩內，然後不斷搖晃竹篩，讓滾動的餡料沾附乾糯米粉，待密實裹了一層粉後，用水噴濕，再次滾裹乾粉，如是數回，待搖成適當大小即成。至於湯圓，則通行於中國南方，不像搖元宵那麼費事，只消將餡料包進濕的糯米粉糰中，稍揉搓使成圓形便可。

北方元宵因是乾粉滾成的，皮子較湯圓薄，質地也較韌，煮過元宵的湯汁含有稍多的澱粉，比較濁，不像南方的湯圓，湯清，皮的口感也更細緻黏口。不說別的，單從元宵和湯圓，或許就能看出北豪邁、南婉約，不同的地域往往呈現相異的性格。

然而，有件事大江南北皆同：元宵也好，湯圓也罷，都象徵著團圓美滿。年節的應景食物不僅是傳統習俗的具象呈現，也映照出人們集體的潛意識，內裡蘊藏著普通人對美好生活的想望。於是在元宵夜裡，恪守傳統的人家掛起了燈籠，與窗外高懸的一輪明月相輝映，大夥圍桌而坐，趁熱吃著香甜的元宵或湯圓，心中祈望花好月圓，一家平安，現世安穩。

元宵節就在眼前，又是上街沽買一盒手工元宵的時候了。雖說隨著父母和大姊相繼飛天，往昔一家六口團圓吃四喜元宵的情景已無法重現，然而我明白，他們其實從未離去，始終存於仍在塵世者的心底。元宵夜，且以一碗元宵，遙敬摯愛的親人。天上人間，我們終將重逢。

辣醬女

那一天原是尋常的秋日，有點陰，一大早有點涼，需要披外套，到了傍晚驟然下起傾盆大雨，雨勢之強，果然像老天爺在潑水，嘩啦嘩啦，一盆一盆往下倒。沈傑坐在小酒館吧檯邊上，正喝著他最愛的黑啤酒，一邊看著電子書，聽見急鼓繁弦般的雨聲，轉過頭打量窗外，暗忖，「這還真是暴雨，聲勢驚人，住處陽台上晾著那幾件衣物，這會兒八成全被雨打濕了。」

他想了一下，就不再煩惱這事。煩惱也沒用，總不能衝回去收衣服，雨下得這般狂烈，何苦為這種小事淋成落湯雞。

他正打算回過頭看他的推理小說，窗外疾駛來了一輛黃色計程車，車門打開，伸出紅雨傘，靛青的身影隨即下了車。在那被大雨模糊了所有形體的蒼灰暮色中，這幾抹明亮的色彩格外醒目，捕捉了他的視線。

那一團豔紅靛青看似正急衝著酒館而來，一轉眼卻消失不見，不

一會兒又折回窗前，穿過馬路，緩緩飄到對街。

他無趣地把眼光調回來，讀沒幾行書，門口一陣騷動，尼克連珠砲似地大呼小叫，「我的天，Jessica，妳怎麼一身都濕透了？」

「沒事，」一把清脆的嗓音以帶著美國腔的英語說，「剛下了計程車正要進來，瞥見廊簷下有位老婆婆縮在那兒躲雨，冷得發抖。我一問，她不過就想過街去搭地鐵，我怕她感冒——老人感冒特別麻煩——索性打傘撐她過去，結果就淋成這德性。」

他從他的高腳凳上抬眼一看，說話的是那個愛吃八寶辣醬的女孩，她正把濕答答的紅傘擱進傘桶，脫下靛青色風衣掛在衣架上。

沈傑來酒館，總愛坐在吧檯最裡邊，那位置不顯眼，多少僻靜一點，女孩則多半挑中段的座位，方便跟方沅或尼克談天。年紀相當的兩人平日各坐各的老位子，從未交談，但也不陌生，兩人之間甚且存在著似有若無的微妙張力，只是當事人並未察覺，只有慧黠的方沅看在眼裡。

「這人平時大大咧咧，講話又嗆，想不到心思這麼細，心腸這麼軟。」

他暗自想著，不知怎的，心裡就一動，多打量了兩眼。辣醬女微捲剛過肩的頭髮全濕透了，整個塌下來，貼著頭皮，腦袋似變小，眼睛倒顯得大，長睫毛貶巴貶巴，有點楚楚可憐的樣子。

今天這場雨來得急，酒館裡坐滿了躲雨的人，吧檯邊就只剩沈傑隔鄰還有空位，方沅招呼她坐下，遞去大餐巾給她拭手擦臉。

「還是雷絲玲白酒嗎？我先給妳一杯熱紅茶再說吧。」

「不用了，謝謝，白酒就好。另外，請直接給我辣醬湯麵，我想喝碗熱湯。」

方沅正欲轉身，沈傑叫住了她，「我也來個辣醬菜飯，好嗎？」

他忽然想嘗嘗這八寶辣醬到底是什麼滋味。

菜飯上了桌，辣醬另外盛在小盅裡，赤褐的醬上有粉紅的蝦仁和翠綠的青豆，不像北京炸醬是清一色的深褐。他舀了一匙入口，微甜，略辣，裡頭有豆乾、肉丁、筍丁、花生，還有一兩樣他嘗不出是什麼——後來得知是鴨胗和肚丁——這一口辣醬咀嚼起來有軟有硬有脆，滋味也有層次，整體說來，就是種世故的味道。

「這八寶辣醬……真有點像上海人，」他心想，「她愛吃的，原來是這個。」

方沅過來收碗，隨口問道：「還吃得慣嗎？」

「還行，」他點點頭，「有點辣，香。材料複雜，但複雜也有複雜的好，耐人尋味。」

「這都多虧了潔希，加了她請人捎來的台灣辣豆瓣醬。」

她指指沈傑的鄰座，「這位，陳潔希，加州來的。」

就這樣，沈傑這個愛炸醬的男人和潔希這位偏嗜辣醬的女生，在首度同時置身遠方小酒館的九十六天後，終於相識了，那一晚，他們在吧檯邊上聊到午夜，才相偕離去。

隔了一年多，他們倆牽手步上紅毯。

就像這城市晚秋大多數的日子，登記結婚的那一天談不上風和日麗，幸好也沒有下雨，新娘的髮型從一早維持到夜裡都沒有塌下。而擺設於遠方小酒館的小型婚宴酒會上，最快被一掃而空的菜色，正是那兩大盤分別抹著辣醬和炸醬、還綴著蔥花與黃瓜絲的麵包片。

5 知食

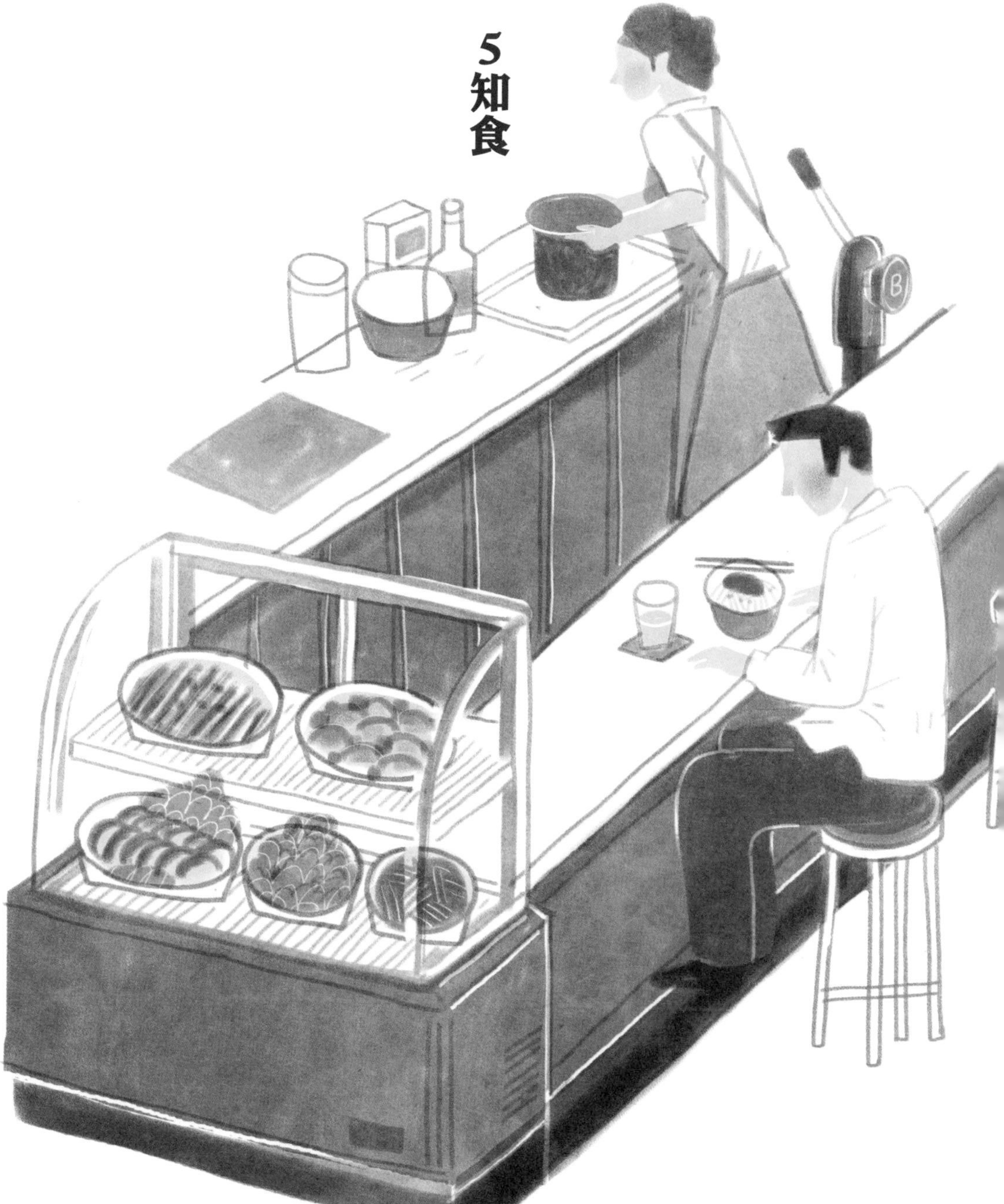

台灣味的前世今生

這些年來，台灣努力推動觀光業，不但積極爭取種族和文化皆不同的異國人士來台旅遊，更歡迎世界各地的華人造訪。訪客如果是「跟團遊」，免不了得看看阿里山、日月潭、太魯閣、台北一〇一，順便會逛逛夜市；倘若是三兩好友或家人結伴「自由行」，除了遊山玩水訪名勝，說不定還會去台南住民宿，到台北大稻埕逛老街，再不就鑽進散落於巷弄的文青咖啡館與個性小店，沾染些許「文藝」氣息。

跟團遊也好，自由行也罷，來自四面八方的遊客喜好和興趣不可能一模一樣，有個旅遊項目卻應該是絕大多數訪台旅客都不願錯過的，尤其是文化和習俗近似的華人遊客，那就是吃台菜、嘗小吃。這也難怪，大夥好不容易到台灣一趟，不吃上一頓只聽過卻沒吃過的正宗台菜、不多嘗點道地的台灣小吃就打道回府，豈不等於白來一趟？

誠然，初來乍到的遊客藉由舌尖上的滋味，不但能夠滿足好奇心和口腹之欲，更可以藉此切身體會台灣的飲食文化乃至風土民情。然而，別說是來自歐美亞非等地區的不同種族遊客，即使是華人訪客對台菜也多半感到陌生，說不上來台菜究竟該是什麼風味，又有啥好吃。也有人可能還有個疑問：要是台菜真的好，那為什麼中菜有所謂四大或八大菜系，台菜卻並沒有入列？

訪客有此疑問，並非有意刁難，台菜的確未躋身於中菜幾大菜系之林，然而這不表示台菜毫無特色，不堪一吃，台菜之所以一「大」也不是，有其歷史緣由。

在四大和八大菜系之說成形的清代和民初，相較於幅員遼闊的中國大陸，位居漢文化邊陲地帶的台灣，被視為彈丸之地、蕞爾小島，一八九五年更被清廷依「馬關條約」割讓給日本，此後台灣足足有五十年實質是日本殖民地，當然擠不進中國美食的排行榜。再說，現今所謂的台菜當時猶未展現自身特色，風格也尚未成熟，難以自成一系。

已故歷史學者逯耀東教授說過，「社會與文化的轉變，往往先反映在飲食方面，最先是對不同口味認同和接納，然後經過一段混同的轉變階段，最後融成一種新的口味。」台菜，正是一種「混同」後融合而成的新口味，而此一口味與台灣的風土和歷史，絕對脫離不了關係。

且容我順著歷史的長河，溯古話今，一一細數台菜的前世今生。

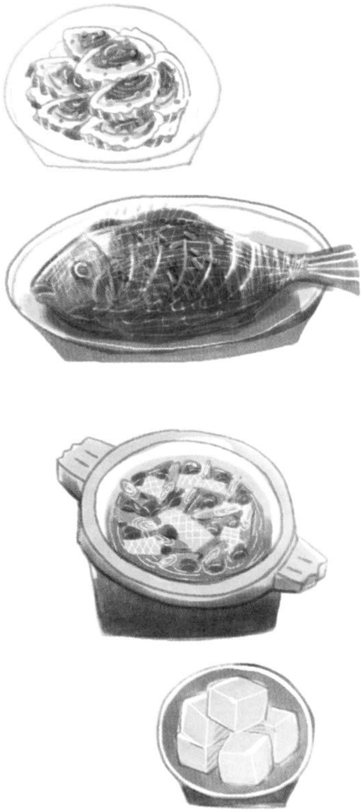

從荷蘭、中國到日本

西元十七世紀初，台灣還不叫台灣，在西方世界，她的名字是Formosa，也就是福爾摩沙，至於根據閩南語發音書寫而成的「大員」、「大灣」或「台灣」等中文地名，指的是現今台南市安平區這一帶。

從一六二六年起，台灣西部大部分地區被荷蘭人統治，當時這個亞熱帶島嶼上大多數的居民是非漢民族的原住民，從中國大陸渡海來台的漢人少之又少。荷蘭人治理台灣三十多年後，被明代遺將鄭成功擊敗，南台灣進入明鄭時代，自此直至清廷治台時期，漢人才大量移入台灣，他們多半來自福建閩江以南的閩南地區，還有一部分移民是廣東潮、汕一帶的客家人。

荷蘭人將秈米、豌豆、包心菜（即高麗菜）、甘蔗、番茄、青辣椒等農產引入台灣，對台灣的食物風景有一定的貢獻；閩南和客家移民對台灣的「味道」，卻有更巨大的影響，尤其是人數最眾的閩南人。

舉例來說，台灣南部清明節必食的「潤餅」（北台灣則多半在冬天的尾牙吃），沿襲自福建的漳州、泉州和廈門；著名的小吃「蚵仔煎」，則可能源自泉州，或脫胎自潮汕的「蠔烙」。另外，台灣人至今在若干民間信仰祭典中仍會分送鹹光餅給信眾，有賜福保平安的寓意，而鹹光餅正來自福州。

早期橫渡海峽「唐山過台灣」的移民，多從事農、漁業，還有苦力。除了少數經商致富者外，老百姓做的多是粗工和勞力活兒，一般人平日但求能吃飽，須等到逢年過節，因為祭祖拜神需備牲禮，這才有名目打打牙祭。

然而就算是大魚大肉，做法也並不華麗花俏，崇尚「原汁原味」，講求滋味清、鮮。於是，魚多半整條乾煎，或煎了以後加豆油（醬油）煮；豬肉或雞鴨，往往水煮後切塊，蘸豆油吃。魚和肉常是乾煎或水煮，還有另一個原因，那就是，這些葷料得先當拜拜的牲禮，簡單地將之烹熟，更有利於長時間供奉於神桌上，待神明享用過了，才能撤下再加熱或加工，祭人們自己的五臟廟。

「湯湯水水」也是古早家常台菜的另一特色，台灣人直到現在都愛吃各種羹湯，好比肉羹、魷魚羹、白菜滷（扁魚燴白菜）和宜蘭名菜西滷肉（即什錦羹，特色為加了將蛋汁直接下油鍋炸成的「蛋酥」）。

有民俗學者指出，羹湯之所以盛行於台灣，主要是由於清廷不准漢人男性攜眷移居台灣的緣故，這些來到台灣的單身漢平日忙於開墾幹活，日常餐食多半就煮一鍋既是湯又是菜的羹，佐以澱粉主食下肚，如此便可打發一餐。漢人和島上原住民女子通婚後，將羹湯的做法傳授給妻子，這種營養又方便的菜色，就這樣一代傳一代。

到了日本殖民統治時代，隨著日人在台大量種植甘蔗，台灣人的口味變甜了，開始往菜裡加糖，尤其是台南人，因為鄰近有多處糖廠，特別嗜甜，連吃潤餅都要放白糖。我外婆正出身於台南府城，還記得她生前若在外頭吃到沒摻糖的潤餅，都會眉頭緊蹙，撇撇嘴，不屑地說：「不甘不鹹，歹吃。」

日本人還給台菜帶來另一重要影響，那就是，「酒家菜」的興起。一如日本習俗，當時日本殖民政府的政要官商交際應酬，往往上有藝妲陪酒的「酒家」，大夥在杯觥交錯間，交換利益，談定生意。當時的酒家集中在台北最熱鬧也最富庶的大稻埕，酒家菜被日人稱為「支那料理」或「台灣料理」，口味以閩菜和福州菜為主，用的是魚翅燕窩鮑魚之類的高檔食材，做法趨向繁複，講求做工細膩。

酒家菜——從大稻埕到新北投

一九四五年，二戰結束，在戰敗的日本人離開台灣後，酒家菜沒落了一陣子，六〇年代方又復興。那時的酒家仍開在大稻埕一帶，進出酒家的則換成國民政府官員與富商，而酒家菜也進入第二代。

第二代的酒家菜除了延續第一代的閩菜風味外，還多了不少原創菜色。我在書上讀到，有台灣耆老回憶說，當時各酒家為競爭生意，拉攏客人，無不想方設法研發新菜，每位大廚至少得具備研發一兩百道新菜的能力，否則難以在業界立足。好比說，當時有道「雞仔豬肚鱉」，需將甲魚先放進布袋雞腹內，再一起塞進豬肚中蒸煮，噱頭十足，非常費工。另外還有道「金錢蝦餅」，則是將蝦仁和荸薺等餡料夾入薄片豬背脂再油炸，如今在高檔的台菜酒席中還吃得到。

台菜自第二代的酒家菜，衍生出另一流派——「清粥小菜」。當時官商應酬多半分為兩三回合，第一回合先到一般餐廳，跟著上酒家，最後一回合則至北投的溫泉旅館泡湯。酒客們到了旅館，不光是泡溫泉而已，多半還會「叫小姐」——召妓，且在泡好湯，進入溫柔鄉前，還要來點宵夜醒酒，然這時不論東道主或賓客，其實都吃不下大菜了，原本只是家常早餐的清粥小菜，就這樣上了檯面。

飲食作家陳靜宜在其著作《台味》中寫道，約莫在一九六四年時，原本在北投溫泉旅館當服務員的沈雲英女士，聯合她的結拜姊妹，在日本商社彙集的台北「六條通」（即台北市中山北路一段一〇五巷）創辦「青葉餐廳」，專賣清粥小菜，不但台灣人愛吃，也大受日商喜愛。青葉和後來崛起的「欣葉餐廳」生意興隆，讓清粥小菜從台菜的支流茁壯而成其中一支主流，迄今不衰。

講完清粥小菜，且讓我回過頭來再談談酒家菜。六〇至七〇年代，除了大稻埕的第二代酒家菜，北投的溫泉旅館也發展出具有地區風格的「北投酒家菜」。北投在一九七九年禁娼之前是合法的風化區，情色產業發達，鶯鶯燕燕穿梭於各旅館間，陪酒也陪宿，從而吸引日本男性觀光客和駐在亞洲的美軍爭相來到北投。相較於大稻埕的酒家菜，北投的溫泉旅館針對日本尋芳客設計了會席料理，除了傳統的酒家菜外，還將日本料理中的生魚片，甚至川菜、粵菜、江浙菜都端上桌。

我兒時家住新北投溫泉路，還記得逢年過節，特別是外公外婆生日時，母親常會到溫泉飯店包個大套房，訂一桌北投酒家菜。祖孫三代人當天一早就到飯店，大人泡湯，小孩要麼逛遍飯店各項遊樂設施，要不就自己找樂子玩耍或看故事書，一邊等著中午「喫青臊」（吃大餐）。我最愛吃油炸糕渣、五味血蛤、魷魚螺肉蒜和台式糖醋魚——五柳枝。

糕渣給我的印象尤其深刻，因其外表金黃誘人，內裡卻滾燙，倘若一口吞下，真可以燙傷喉嚨。記得每次糕渣一端上桌，媽媽就會又叮囑一次，「小心燙，要小口小口吃。」及長方知，糕渣那香軟米白如奶糊的餡料，乃是手工剁成泥的里肌肉和蝦仁等食材加上老母雞高湯熬煮、冷卻凝凍再切塊、油炸而成，為不折不扣的「手路菜」。

北投酒家菜這種將各地不同風味乃至日本味都端上桌的做法，用現今流行語來講，委實具有「混搭」之風，這當然和台灣近代歷史息息相關，更多少預示了當今台菜兼容並蓄的風貌。

餐桌上的一家親

一九四九年後，大批國軍、公務員和民眾從中國大陸來到台灣，給台灣的飲食帶來另一波重大影響。這一批新近移入者來自大江南北，各有各的口味，魯、川、粵、閩、蘇、浙、湘、皖等八大菜從而彙集台灣，和本土的食材與滋味碰撞，形成燦爛的火花。

這些林林總總的「外省味」不僅攻進餐館，上了宴席，也隨著本省人和外省人的通婚和交流，滲透進入日常餐桌，更慢慢染上台式風味，在不斷有機發展的混同過程中，逐漸形成現今的「台灣味」。

比方說，古早的家常台菜並不特別注重快炒，烹法簡單，以水煮、乾煎和清蒸為主，「外省菜館」則有較多的快炒菜色。這些外省熱炒菜吃在本省人嘴裡，一來新鮮，二來還真美味，於是本省閩南和客家族群也學著做起快炒菜。

台菜近二十年來更揭起「熱炒風」，街頭林立著標榜「台菜熱炒」的小館，烹調方式比古早的台菜更重油重醬，味道濃郁，追究其根源，個中或有「外省菜」的影子。

還有一個絕妙的例子，就是「川味紅燒牛肉麵」，這一道在台灣街頭處處可見的麵食，起源眾說紛紜，以逯耀東教授的說法最受認可。逯先生主張，紅燒牛肉麵源於高雄岡山，可能是某位或某幾位老兵，因思念四川老家的地方風味，就近以台灣岡山生產的辣豆瓣醬燉煮帶有四川風味的牛肉湯，淋在白麵條上，稱之為川味牛肉麵，從此台灣就多了一道名為「川味」，其實完全是台灣製造的麵食。

同樣號稱川味實為台灣菜的菜餚，還有「蒼蠅頭」（豆豉、切碎的韭菜花炒肉末）和五更腸旺（紅油高湯燴煮鴨血、豬腸）。這兩道「川味台菜」在台灣的川菜館乃至台菜熱炒店都吃得到，四川人卻可能連聽都沒聽說過。

台菜餐廳和熱炒店另一道必備菜色——「三杯雞」，在一定程度上也是「混搭菜」。據說此菜源自江西的贛州，原本的做法是用料酒、醬油和豬油各一杯，慢慢將雞燉熟。經台灣人一改造，動物性的油脂

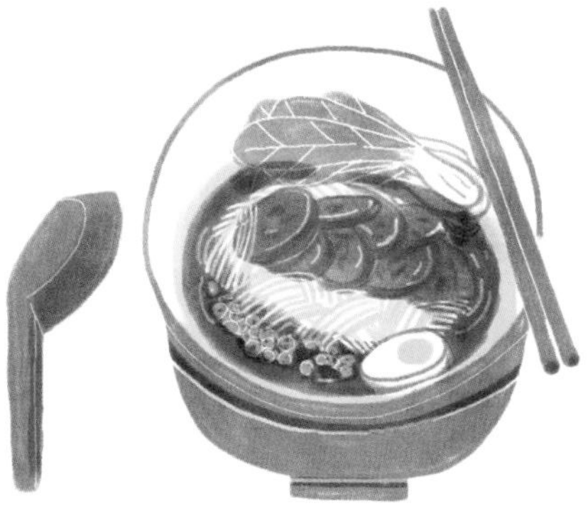

變成植物性且較不膩的胡麻油，雞肉煮熟了以後，端上桌前還會加一把九層塔增添香氣。這道台式三杯雞早已沒有絲毫的江西風味，而是道地「台菜」。同樣做法除了燉雞，還可用來烹調田雞、豆腐、杏鮑菇、米血糕，以及烏賊或墨魚等海產。

除了歷史淵源，地理環境也對台菜的發展構成影響。台灣既是四面環海的島嶼，島民理所當然愛吃海鮮，台灣名菜中，海鮮菜餚占有至少一半的比例。

台灣北部是亞熱帶，南部為熱帶，炎熱的天氣易使人胃口不佳，台灣人因此特別喜愛酸甜開胃的菜餚，就拿蝦蟹貝和烏賊、花枝（即墨魚）等海鮮來說，往往簡單地白灼，蘸用薑蔥蒜、醬油、帶甜味的台式烏醋和番茄醬調合而成酸甜「五味醬」食用。同樣的，也因為天氣酷熱，台灣人很能夠接受不怎麼重鑊氣的日式冷菜，淋了「美乃滋」（蛋黃醬）的龍蝦沙拉和五味九孔等海鮮冷盤，就也成為台式宴席的常備菜色。

台灣菜，吃吃看

台灣菜演變至二十一世紀，一路融合不同的滋味，如今在一定程度上呈現五味紛陳、百花爭放的局面，與閩菜和潮汕菜這兩大老祖宗，滋味和做法已不盡相同。那麼，現代的台菜有哪些值得一嘗的特色菜餚和小吃呢？

首先來看遊客趨之若鶩的台灣小吃，除了著名的蚵仔煎、蚵仔大腸麵線、牛肉麵、滷肉飯、台南擔仔麵和鹽酥雞都值得一嘗外，我還要特別推薦又名「台灣漢堡」的刈包，也就是帶甜味的發酵白麵餅夾紅燒五花肉、酸菜和花生粉，敢吃芫荽的，加幾株，更有台味。繼珍珠奶茶後，刈包近幾年也在歐美都會地區揭起一小波流行風潮，是少數在西方也吃得到的台灣食物，不過想要吃到美味、價格親民又正宗的刈包，還是得來台灣。

另外，我仍旅居荷蘭時，每次回台必吃的小吃，尚有地瓜粉糰包肉餡油炸的肉圓、台灣特有的愛玉冰、油炸臭豆腐佐台式酸甜泡菜、切仔麵（即清湯油麵）或大鍋米粉湯配「黑白切」（即各種白煮豬內臟或豬肉，各切一點，加點薑絲，拼成一盤），這些全都是在外地很難吃到的台灣鄉土味。

和親友小酌聚餐吃台菜，我常點的菜色有涼筍（水煮綠竹筍蘸美乃滋或醬油）、鹹中帶甘的白切粉肝（豬的脂肪肝）、炭烤烏魚子、白斬雞、烤或煎台式香腸、菜脯蛋（蘿蔔乾煎蛋）、滷肉（台式紅燒五花肉）、瓜仔肉（蒸肉末加醬瓜碎）、煎豬肝、麻油腰花、白灼活蝦、乾煎魚、加了蔭冬瓜或醃漬樹子（又稱破布子，一種落葉喬本的果實）清蒸的新鮮海魚、五味烏賊（或墨魚）、各種「三杯」菜色、九層塔炒海瓜子（或山瓜子）、炸蚵仔酥或蔭豉蚵仔、白菜滷、清燙地瓜葉淋蒜蓉醬油等。

如果有聚餐人數夠多，可以湊成八到十個人一大桌，我還會點上一兩道北投酒家菜的代表菜色，比如魷魚螺肉蒜（用炸過的乾魷魚加罐頭螺肉、排骨或肉絲、青蒜和高湯燴煮而成）、紅蟳米糕（加炒香的香菇、紅蔥頭和醬油等佐料調製的糯米飯，飯上鋪一兩隻蒸螃蟹），偶爾甚至豪氣地來一大盅內容特別豐富的佛跳牆。訪客來台灣，不論荷包豐儉，都可以視個人財力決定要大宴或小酌，還有不少平價卻美味的街頭小吃等待知味者去大塊朵頤。總之，台灣的餐桌自有好風景，且讓我們舉起筷子、拿起湯匙，一同來品味此地風土人文之美。

市場小吃的小確幸

我只要人在台北，每隔一週左右就會去逛逛離住家不遠的士東市場，並到二樓的小吃街解饞。逛市場和吃小吃這兩件事，在我看來皆是在台北生活的小確幸，逛完市場還能就近嘗美味小吃，更是錦上添花，算得上人生一大樂。

何況，士東市場的小吃街並不像一般市場小吃攤那麼髒亂，既無撲鼻的異味，也沒有一地的污水。再者，其規模和攤位數量並不遜於百貨公司小吃街，且單以食物水準而言，平均甚且高於百貨公司。

箇中原因說來簡單，百貨公司小吃街一般是連鎖業者，餐點就算並非出自中央廚房，掌廚者也僅是拿工資的受雇者，生意好不好，對內外場人員的薪資收入並不會造成太大的影響。

士東市場的小吃街則不然，每攤皆是獨立經營，且烹者往往就是業者自己，其人煮出來的東西好不好吃，關乎生意好壞，左右攤位的收入多寡。在這種情況下，各家小吃攤唯有各顯神通，每位廚師皆需拿出絕活，端出美味，才能留住顧客。是以，能在市場經營多年的小吃攤，需有一定的實力，食物口味也得有高於一般的水準。

士東市場共有兩條小吃街，一條靠士東路，另一條臨市場後方巷道，中間隔著百貨服飾區。我如果是獨自上市場，買好菜後，習慣到靠士東路那一頭，看看一三六號的米粉湯有沒有位子，要是有位，就坐下來吃一碗湯濃、油蔥味香的粗米粉湯，切盤嘴邊肉，來塊油豆腐。

我也愛去一五四號的目鏡麵攤，吃切仔麵配鴨血韭菜和海帶、豆腐乾。這一攤的切仔麵不加肉燥，而是擺了一小片瘦肉，誠然是古早風味。丈夫則最愛吃此攤的麻醬麵，那也是其招牌小吃。不過，在目鏡攤上吃麵需要一點耐心，尤其是午晚餐尖峰時段，不管生意多忙，等著吃麵的客人有多少，戴著眼鏡的老闆總也不急躁，始終按其固定節奏，不慌不忙地泖著油麵、煮著白麵條、往排排站好的一口口麵碗裡下調味料，並不會為了加快翻桌的速度而馬虎了事。然而，就是這樣不急就章、一絲不苟的態度，讓其麵食有一定水準。

目鏡隔鄰一二九號的桐伯豬腳，我們也常光顧，丈夫喜歡滷得軟爛的豬腳，我則偏愛煎得「赤赤」（香酥不焦）的虱目魚肚。他家的滷肉飯亦佳，肥肉丁燉到入味而不膩，香啊。

除了小吃，市場二樓亦有好幾家台式熱炒，我們習慣去一四三號的媽媽之店，必點乾煎魚或用醬油和蔥薑燒的台式紅燒魚。

至於二樓靠巷道那一側的小吃街，有幾家攤位我們也愛去，要麼上二四五號的客家莊吃客家湯圓，來一小份家常滷五花肉和燙青菜，要不就在二四八號的好麵煮，吃辣味臭仙麵（即臭豆腐麵）。二三四號的寶飽家常便當，我們每隔一陣子就會光顧一次，夫妻倆各點一份煎魚或焢肉為主菜，再自選四道小菜，頗有幾分在舊時「飯桌仔」飽食一頓的樂趣。

廈門麵線糊和台灣米粉湯

我按照指示，鑽出小巷，來到馬路上，找到民宿主人介紹的小吃店。聽他說，要吃「地道」的老廈門麵線糊，去這家準沒錯。

這是我頭一回造訪廈門，早就打定主意，頭一餐非吃麵線糊不可。我從小愛吃在南台灣叫作麵線糊（或麵線羹）的「蚵仔麵線」，這一道台灣小吃源起於閩南的泉州，而廈門島鄰近同安、漳州和泉州，三地飲食風味兼備，應是探討麵線糊等多種台灣小吃之根源的好地方。

進了小店，點了麵線糊，掌杓的大嬸問我要加什麼配料。我定睛一看，店門口灶台架上分別擺著一盤盤蚵仔、油豆腐、油條、滷大腸，還有白煮豬肉和各種豬內臟，堪稱五花八門。可惜時值非洲豬瘟流行，雖說豬瘟不是人畜共通疾病，人就算吃到煮熟的病豬肉也不會怎樣，但我心裡還是毛毛的，就只點了蚵仔和油豆腐。

麵線糊上桌，最上層是配料，底下為一段段的白麵線，而非紅麵線，但是我並不訝異，因為我早已聽聞閩南麵線糊，煮的是普通白麵線，唯有台灣採用經高溫烘乾、產生焦糖化反應而變色的紅麵線。

眼前的麵線糊，湯頭未加醬油，也是白的，湯上漂著芹菜、蔥花，浮著炸香的碎蝦米，我拿湯匙一攪，底下還藏著豬血。「廈門這裡的一定有豬血，」大嬸看出我是外地人，熱心解說，「加胡椒會更香。」

我欣然從命，撒了一點白胡椒，隨即喝了一口湯，應該是用大骨熬煮而成，勾了薄芡，稀稀的並不稠。再嘗麵線和配料，麵線很軟，幾乎用不著咀嚼。蚵仔與在台灣吃到的相仿，外裹地瓜粉；油豆腐則已切成小塊，方便以匙取食。

我吃著吃著，聯想到我也愛吃的粗米粉湯。這一碗麵線糊倘若未加配料，不但與北台灣傳統市場常見的米粉湯形似，連味道都有點像，只是在台北，吃米粉湯必配的「黑白切」和油豆腐是另外盛在盤中，廈門麵線糊則將配料直接放入碗裡。我多年以來一直在納悶，台灣這種大鍋煮的米粉湯到底始自何方，卻始終追索不到源頭，難道答案就藏在桌上的麵線糊中？

台灣傳統飲食既有代代相傳的直線傳承，也曾歷經跨海的橫向移植，隨著時代與風土的改變，現今所謂的古早味想來已和初始之味不盡相同，先民基於務實考量，改用相對耐存且耐煮的紅麵線來煮麵線糊，即為一例。類似的思維是否也曾促使另一些先人把麵線換成更易取得也更加煮不爛的粗米粉，從而烹出北台灣常見的米粉湯呢？我的疑惑藏在碗裡，隨著湯面氤氳的熱氣消散在空中，正等著飲食史專家來解答。

澎湃吃火鍋

天一冷，就想吃火鍋，入冬以來，不知吃了多少次，真心覺得沒什麼比寒冬吃火鍋更舒服的事了。這一天冷鋒又至，苦雨淒淒，晚餐當然又得吃鍋，來個台灣風味的涮鍋好了。家裡才兩口人，不想太費事備料，簡單準備數樣即可。拿出便條紙和筆開列購物清單，卻發覺這台式火鍋似乎「簡」不起來。

薄肉片當然必須有，牛、豬肉都行，最好兩樣各一半。草蝦、蛤蜊、牡蠣也來上一點，意思意思，涮鍋中適量添加海鮮水產，吃到最後湯更鮮，加碗白飯，打個蛋，撒點蔥，就是美味的鹹稀飯，亦即日本人說的「雜炊」。

葷料有了，再來是素料。吃火鍋不能沒豆腐，板豆腐和凍豆腐都行，豆皮（即腐皮）也好吃，能有一早才做的新鮮豆皮更妙。金針菇、鮮香菇、鴻喜菇等各種蕈菇多多益善，不是說菇類可以養生？大白菜和茼蒿等葉菜當然也得備上，每回吃了太多葷腥之物，我心裡就會嘀咕，生怕「火氣大」，必須吃點蔬菜，降降火，順便補充維他命。

至於魚餃、蛋、燕餃、燕丸、魚丸、墨魚丸、蝦丸、貢丸等品項繁多的「火鍋料」，因為多半加了夫妻倆所不喜的味精，往往還免不了含有名稱教人看得「霧煞煞」的化學添加物，咱家就意思意思，一人來上兩三顆，少吃點得了，或索性略過，不食無所謂。

再來是湯底。外頭餐廳常用豬大骨或雞骨架熬上一大鍋，普通人家不見得有那精神和時間熬高湯，願意花點工夫的，將昆布（乾海帶）浸泡在水中三、四個小時（隔夜更好）撈出，這一鍋泡過昆布的水燒開了就是最簡易的湯底。再不然，清水也挺好，鍋裡多擺點蕈菇，扔幾顆蛤蜊，待肉片一涮，湯自然就鮮了。

蘸醬呢，市售沙茶醬加點醋、醬油、蔥花、蒜泥和香菜，敢吃生蛋的再打上一顆蛋黃，將這些統統攪勻了，便是最普遍的台式火鍋醬，適合蘸肉片。另備一小碗柴魚醬油摻檸檬汁，順便加進兩小匙蔥花和辣椒末，神似餐館裡的和風醬汁，較清爽，適合搭配海鮮食材和豆腐等豆類製品。

我準備的這一頓火鍋餐，風味偏向近年來時興的新派台式沙茶火鍋，這也是台灣最普遍的涮鍋。台灣的沙茶火鍋不同於港式，並非以沙茶為湯底，而是以沙茶醬為供蘸食的基本佐料，可用來搭配各種食材。追究台灣沙茶醬的根源，其實來自潮汕（潮汕的沙茶醬則有其南洋血統），可能是一九四〇年代移居台灣的汕頭人根據家鄉味就地取材而製成，只是隨著時光的推移，台灣人愛吃的沙茶醬口味已和原鄉不盡相同，好比說，潮汕的沙茶醬加花生，台式沙茶則不加。

沙茶火鍋並不是在台灣風行的唯一涮鍋，同樣是四〇年代來台的北平人（那時北京還叫作北平），帶來了銅炭爐涮羊肉。曾聽原籍北平的長輩談及，台灣的涮羊肉早期還沿襲京味，講究用炭火銅鍋，鍋中就只有白開水，水一滾，大夥兒先涮幾片羊肉，蘸腐乳韭菜花芝麻醬慢慢吃，等肉吃得差不多了，才開始下白菜和凍豆腐，最後以粉絲墊底。「可不像後來，涮羊肉鍋裡什麼都加，牛肉、豬肉都來不打緊，連蝦子、魚丸、芋頭都往下扔，還蘸沙茶醬，真是胡來。」長輩說得憤憤然，我只

好在旁打哈哈，「哎呀，您就別當它老北平涮羊肉，想成是台灣火鍋得了，台菜沒別的，就是要『澎湃』嘍。」

澎湃是通行於北部的說法，我小時並沒聽過此福佬語詞彙，因為我外公、外婆都是「下港」人，分別出身於高雄和台南，台灣南部不說澎湃，而講「青臊」，兩者皆意指「菜色豐盛」，這正是傳統台灣人對美食的基本要求——既要分量足，還要樣數多。

這樣的美食觀和台灣鄉親的集體性格或許有關。台灣人生活在夏長冬短的亞熱帶島嶼，培養出熱情、愛熱鬧的個性，比起相對古老的北京，難免不夠世故，卻很有人情味。這種性格反映在食物上，就把原本較樸素但純粹的北方味，改成五花八門、熱鬧繽紛的大雜燴了。而台灣人最愛吃的，就是這種經台灣口味轉化的涮火鍋，一年四季都吃，即使是炎炎夏日、酷暑時分，也要開著冷氣，呼朋引伴，一同吃火鍋。

那麼，台灣到底有沒有「本土」的火鍋呢？當然有，還不只一種，比方說，石頭火鍋。

記得我兒時，一到冬季，嗜食火鍋的先母偶爾想換個口味，就會帶著我們去台北火車站附近一家名為「可利亞」的餐廳吃石頭火鍋。那餐館的名字是Korea的中文諧音，標榜韓式風味，當時大家也都以為自己吃的是高麗火鍋，後來才曉得這完全是台灣人自己「發明」的食法，和高麗人勉強有關的，就只有那一口韓式石頭鍋。

對吃客而言，石頭火鍋到底是不是韓國菜，其實不很重要，重點是，它真的很香。其原始做法為先用麻油炒香洋蔥和醃過的肉片，盛起後，把白菜和各式各樣丸餃類的火鍋料（別忘了，要澎湃！）置鍋中，注入高湯，再將炒過的肉片鋪在菜碼上，等湯一滾就可以吃了。牡蠣、蝦子等海鮮，則最好隨吃隨燙，以免肉質煮太久變老。蘸醬呢？當然是台灣人酷愛的沙茶醬，還得摻上一匙花生粉，外加蔥蒜辣椒等辛香料，非常重口味。

石頭火鍋在二、三十年前盛極一時，後來人們健康意識提高，崇尚少油少鹽少味精，石頭火鍋因較油膩而偏離主流，逐漸式微，不過近幾年來有連鎖小火鍋店推出「改良」過的石頭小火鍋，較清淡不油，這種曾打著高麗旗號實則台灣本土的火鍋，才又慢慢重現市場。

沙茶火鍋和石頭火鍋一年到頭都有人愛吃，另外幾種也是純台灣風味的火鍋，則是冬季才上市。好比燒酒雞、羊肉爐和薑母鴨，這三種火鍋為冬令進補的藥膳，都是連湯帶料煮熟了一起上桌，置於火上保溫，通常並不涮肉，多半用來汆燙茼蒿等青蔬。

燒酒雞原是家常宴客菜，也是標榜「古早味」的台菜餐廳必備「大菜」，基本上就是加了中藥一起燉的雞湯，只是那湯的分量並不多，且原料不是水，而是台灣紅標米酒。其做法大致上是將土雞切塊汆燙，加藥材和米酒煮開，並在鍋中點火使湯中酒精燃燒，待酒精充分揮發而火滅，落鹽，轉文火慢燉。燒酒雞鍋中通常不加其他食材，但也有人喜歡放點包心菜，令湯味更甘甜。

羊肉爐的做法則是將帶皮羊肉加黑麻油、老薑和豆瓣醬、醬油等調味料炒香後，添藥材、米酒和羊骨湯燉煮，另外需加紅棗和枸杞，讓湯帶點甜。如此一鍋細火慢燉至肉爛，加點白菜、豆腐、各種蕈菇稍煮，便可上桌，蘸辣腐乳醬吃。羊肉爐可能源起於岡山，早在日本殖民統治時代便已開賣，如今坊間有不少羊肉爐店都打著岡山或下港的招牌。

薑母鴨歷史較近，一九八〇年代後才開始流行，做法和羊肉爐類似，也是用黑麻油爆香老薑後炒鴨肉，添加中藥材和米酒燉爛，最後加進包心菜、豆皮、金菇和米血糕略煮即可，食用時亦蘸辣腐乳醬。

說到薑母鴨，我還鬧過笑話。我一直不能理解這道鍋物為何只能用「母鴨」烹製，公鴨就不行，有一回終於忍不住請教在高雄出生長大的朋友，對方邊笑邊說，此三字不該念成「薑—母鴨」，而是「薑母—鴨」。她這麼一講，我才恍然大悟，薑母鴨並不是薑燉母鴨，而是用福佬語稱之為「薑母」的老薑來煮鴨肉。

薑母鴨也好，羊肉爐也好，都是深受普羅大眾歡迎的平民美食。三五好友相偕而去，點上一鍋，吃肉、喝湯，酒量好的還會小飲兩杯。大夥談笑風生，食畢身心俱暖，卻花不了多少錢。

專賣此二火鍋的店家多半坐落在鄉鎮的公路要道，或市郊相對偏僻因此租金較低的地區，其裝潢也不走豪華路線，往往矮桌子小板凳，桌上置備簡易瓦斯爐，如此而已。這種火鍋店還有個特色，店前例必掛著紅燈籠，上書「薑母鴨」或「羊肉爐」。寒風刺骨的冬夜，人們縮著脖子走在街上，遠遠望見那熒熒燈火，心頭往往就感到一陣溫暖，這也是我還旅居歐洲時，深深懷念的故鄉冬景。

懷念歸懷念，我自己最愛吃的台式火鍋卻是魷魚螺肉蒜，它是所謂的「酒家菜」，早年亦有「官菜」之稱。太平洋戰爭前後，酒家是台灣富商顯要飲宴應酬往來的地方，常有「小姐」坐檯陪酒，以緩和席間氣氛。眾人來到酒家，進得包廂，便圍桌而坐，一邊談事情，一邊吃幾樣講究手工的精緻菜色，待酒喝得差不多，事情談得有點眉目，這時往往會想來碗湯湯水水的東西解解酒，因此酒家菜中不乏此類菜色，魷魚螺肉蒜即為箇中代表。

魷魚螺肉蒜的主材料一如其菜名，正是乾魷魚、特定品牌的日本罐頭螺肉和青蒜。把炸過的魷魚和青蒜置鍋中，將罐頭中的螺肉連汁一同倒入，加高湯和紅蔥頭、排骨或五花肉、芋頭、芹菜等配料即可上桌，繼續加熱。此火鍋初端上桌時，可沒人會急著下箸，內行人都知道，魷魚螺肉蒜越煮越入味，越煮層次越豐厚，需耐心以待，才能徹底享受其結合海陸之美、鹹香又甘甜的多重滋味。

說到底，還是那句老話——台式火鍋沒別的，就是要澎湃。

遠方的酸辣湯

大家都叫他老王，不是因為他老，也不是因為才三十多歲的的他天生一副老相。正好相反，老王生就一張清秀的娃娃臉，細長的丹鳳眼，眉眼分得比較開，乍看有點像楊柳青年畫上笑呵呵的童子，但是這位年輕人總堅持別人這麼稱呼他，每一回自我介紹都說：「我姓王，叫我老王得了。」

老王這兩年才成為小酒館的常客。他原在城郊的大學攻讀博士，聰明伶俐又勤快，特別受師長垂青，拿到學位後順理成章留校任教，那時才搬離宿舍，在市區邊緣租了小公寓，距遠方小酒館只有一條街。酒館的掌櫃兼廚師名叫方沅，店名就來自她的芳名，按西洋人先喊名後喚姓的習慣，方沅兩字一顛倒，聽來不就像遠方嗎？何況這城市離她的家鄉，著實遙遠。

老王每隔幾天就來小酒館坐坐，多半是衝著方沅而來，倒也不是貪圖方沅的美色，心有綺思。方沅並非傳統的美女，嘴有點太闊而膚色並不算白皙，她應該比老王年長，大多少就很難講，五到十五歲吧。有一種女性，少女時代看來比同伴成熟，長到一定歲數後，卻停留在那個點上，愈來愈顯得比同齡婦人年輕，方沅正是如此。她和老王說的是同樣的語言——雖然口音多少有點不同，然而人在異鄉，偶爾能有人跟你用母語閒話家常，自然特別舒坦，因此老王只要不太忙，就過來聊聊天。

他總是晚飯前到，坐在吧檯邊上，和其他熟客還有方沅說說笑笑，喝一杯現壓生啤酒便離去，天氣炎熱時才會破例再多喝一杯，看來是個隨和開朗卻理性克制的人，不過慧黠的方沅老覺得他眉宇間有一抹愁思，說不上是什麼，總之有心事。

這一天，老王隔了將近半個月才上門，小酒館即將打烊，人影寥落，連打工的大學生尼克都下班了。他一坐上吧檯，方沅便嗅到一股酒味，顯然在別處已喝了不少。遠方小酒館有個規矩，標榜「把酒言歡，微醺最美」，生人也好，熟客也罷，都歡迎品酒小酌，卻不賣酒給買醉之人。

老王明白這規矩，開口便道：「我不喝酒，今天和同事吃飯，喝了太多紅酒，飯後還喝了一小杯白蘭地，喝高了，卻沒怎麼吃東西，現在只想來碗湯，暖暖胃。」

偏偏老王來得實在太晚，店裡每日更換的一鍋「今日湯品」早已見底。方沅鑽進吧檯後的小廚房東翻西找，搜出原本留下來給自個兒煮碗湯麵當宵夜的私房材料，有肉絲、泡發好的木耳、清水筍絲罐頭和蘑菇。她心裡有了主意：就利用這些，加上半塊盒裝豆腐和店裡常備的雞骨高湯，煮滾勾個稀芡，打個蛋花，加醋和胡椒，做一碗家常口味的酸辣湯，聽說酸辣鹹香的酸辣湯可以醒酒去膩。

她手腳俐落，沒多久便煮好湯，撒了一撮蔥花，再點了兩滴原也是留給自家吃的辣油，端至老王面前。氤氳的香氣撲鼻而來，連她自己都忍不住想嚥口水。

老王卻怔怔地看著吧檯上這一碗熱騰騰的酸辣湯，並不動手。

「趁熱快嘗嘗吧，酸辣湯得熱熱地喝才香。」

老王木木地舀了一匙送進嘴裡，一邊卻掉下大顆的眼淚。方沅這下子可著實嚇了一跳。

「怎麼了？味道太酸太辣太嗆？」

「沒事沒事，這湯很好。」

老王放下湯匙，低頭垂目，淚珠卻如雨點般直接落入湯裡，止也止不住，「味道就跟我父親做的一樣好。」

老王停頓片刻，先是長嘆一聲，而後又提了一口氣，這才把梗在喉間的話給吐出來。

「我還小的時候，母親就離家了，」他從褲袋裡掏出一包皺巴巴的紙巾，抽出一張來拭淚，「我父親是小學老師，平時又要工作又要理家，餘暇還給人補數學，就只為了多掙點錢好養我。他因為疼我，自己省吃儉用，把錢都花在我身上，讓我只管用功讀書，最好念個博士，給王家爭光。」

舊的淚痕才剛擦去，老王說到這裡，新的淚水又奪眶而出。

「我大學畢業後，申請到獎學金來深造，我爸特別高興。離家前一晚，父子倆對酌，想到我這一去也不知多少年才能學成返鄉，兩人一感慨，喝了快一瓶烈酒。他怕我第二天沒法準時起床趕飛機，自己明明都有點醉了，還硬撐著下廚，給我煮了碗酸辣湯，讓我解酒……」

老王講到這裡，停頓了好一會兒，才總算又開口。

「下學期起，學校破格讓我升等，成為我們這一學院有史來最年輕的正教授，人人都說這真是不簡單啊。人事命令前幾天正式宣布後，系上幾位交情好的同事起鬨，約好今晚給我慶祝。」

「恭喜恭喜，這是好消息，令尊想必很開心。」

這年輕人臉上卻無喜色，胸前一陣起伏。

「那場大地震，妳想來也知道，就發生在我老家。我父親任教的學校也給震垮了……」

老王忍不住哽咽起來。

「我姓王，單名棟，但我寧可別人喊我老王……」他順了口氣，才又開口，「一聽到王棟這名字，我就想起那一晚我爸一邊喝酒一邊說：『棟啊，你可別忘了，給你取這個名字，是要你做王家的棟梁，你千萬要爭氣，別像我，始終窩在這小地方，跑都跑不掉。』

「如今我果真拿到博士，還當上教授，卻巴不得從沒離開過老家，這樣我爸肯定早已退休，換我養他，事情發生那一天，他就不會在學校裡，不會埋在屋瓦石頭堆裡……虧我念的是建築，研究的還是城鄉規劃。」

方沅本是多情之人，聽著聽著眼眶也紅了，一時不知該講什麼好，只好默默遞去一方乾淨的毛巾，讓吧檯對面的客人擦把臉，這才緩緩地說：「我覺得你父親不會怪你的，他說不定現在就在不知哪兒看著你，否則怎麼這樣巧，我店裡就只剩這些材料，剛夠讓我煮一碗酸辣湯。」

微風吹動遠方小酒館的門簾，流進屋裡，方沅和名叫王棟的年輕人都安靜下來，感覺那股涼爽宜人的春夜氣息，輕柔地拂過他們的頸間和裸露的手臂，彷佛在撫慰這兩個異鄉人，沉默而堅定。

遠方小酒館燈火暈黃，夜，漸漸深了……

遠方
小酒館

國家圖書館出版品預行編目資料

最好不過日常：有時台北，有時他方 / 韓良憶著. -- 初版. -- 臺北市：皇冠, 2019.08
面； 公分. --（皇冠叢書；第4778種)(Party；83)
ISBN 978-957-33-3466-8(平裝)

863.55 108011583

皇冠叢書第4778種
Party 83

最好不過日常

有時台北，有時他方

作　者—韓良憶
發行人—平雲
出版發行—皇冠文化出版有限公司
台北市敦化北路120巷50號
電話◎02-2716-8888
郵撥帳號◎15261516號
皇冠出版社（香港）有限公司
香港上環文咸東街50號寶恒商業中心
23樓2301-3室
電話◎2529-1778　傳真◎2527-0904
總編輯—龔橞甄
責任主編—許婷婷
責任編輯—陳怡蓁
美術設計—好春設計・陳佩琦
著作完成日期—2019年3月
初版一刷日期—2019年8月
初版二刷日期—2019年9月
法律顧問—王惠光律師

讀者服務傳真專線◎02-27150507
電腦編號◎408083
ISBN◎978-957-33-3466-8
Printed in Taiwan
本書定價◎新台幣380元／港幣127元